행복을 짓는 사랑

한 호 철 지음

지식과교양

하고 싶은 말…

불교에서 사용하는 단어 중에 '살생'이라는 말도 있다. 사상 중에서는 '살생금지'이지만, 여기서 말하는 것은 살생이라는 단어 자체에 관한 말이다. 가장 큰 덕목이 살생금지에 속할 것이며 동물을 포함하여 목숨을 중히 여긴다는 말인데, 그 중에서도 특별히 사람을 존중해야 한다는 법이다.

스님이 육식을 먹지 않으면 가르침을 잘 받고 있는 것이다. 육식을 먹는 스님은 속된 말로 중은 본인이 따르지 않아 파계에 속하는 것이며, 살생 후에 육식을 활용한다는 말이 나온다. 본인이 직접 살육을 하지 않았다 하였지만 간접 살육에 속하는 행위에 속할 것이다.

그러나 일반적인 사람들이 고기를 먹고 술도 먹고 취하기도 하는데, 그 나름대로 필요한 요소를 가려 취급하면서 얻는 것이다. 반면, 귀찮고 불결한 파리를 잡으며 병을 옮기는 빈대와 모기에 대하여는 어떤가? 더하여 불필요한 쥐를 잡으면 어떤 규율에 저촉되는 것일지. 보편적으로는 이런 사항에 대하여 일관되게 나무라거나 파계에 대한 벌을 주는 것은 아니다.

나는 가족 다시 말해 내 가족을 구성하고 있는 아내와 자녀들에게 하고 싶은 말이 많다. 잠을 깨어나고 쳐다보면 하고 싶은 말이 있고, 외출하고 돌아와서도 들려주고 싶은 말이 있다.

그런데 그들 중에 하고 싶은 말이 많지만 제대로 하고 싶은 말은 하지 못한다. 시간이 부족하고 서로 의견이 달라 합의점을 찾지 못해 말을 마무리 하지 못하기도 한다. 그것은 구성원 간에 항상 서로 말하고 싶은 상태이다. 그래서 결론은 아쉽고 못미더운 상태이며, 불만과 불평이 넘쳐난다.

이 서두 역시 특정인에게 하고 싶은 말을 설명하여 전

달하고 싶은 것이 아니라, 누구든지 누구에게 하고 싶은 말이 있다는 사실을 거론한 것이다. 제대로 잘 전달되었고 소기의 목적을 달성하였다는 것이 아니라, 그런 과정에서 서로 간에 하고 싶은 많은 말들이 있다는 말을 하는 것이다.

사람이 죽을 때가 되면 그것도 내가 죽을 것이라는 것을 터득한 사람이 된다면, 돌아보며 가족에게 하고 싶은 말이 많이 남았다고 한다. 시한부 인생은 극단적으로 짧은 시간이 남지 않았다면 어찌 그리 많은 말을 해줄 수 있겠는가. 짧은 순간에 하고 싶은 말은 한 마디로 '미안하다.' 혹은 '고맙다.'라는 것이 함축적으로 드러난다.

하고 많은 세상 일상에서도 결과적으로 돌아본다면 '미안하다.' 혹은 '고맙다.'라고 결론지을 수 있다.

어려운 단어를 활용하거나 멋있는 분위기를 만들다가 상대와 대화가 되지 못하는 경우가 많다. 대등한 조건에서 다루는 사람이라 하더라도 상대방의 기분과, 전달하는 사람들의 억양 등의 조건에 따라 말이 멈추는 경우도 많다. 다시 말하면 상호간의 대화가 계속하여 진행되지 못하는 것과, 오히려 부정적인 감정을 받아 틈이 발생하는 사태가 빚어지는 것도 사실이다.

그러다가 해결되지 못하고 죽을 때면, 다시 후회하고 미안하다는 말을 하는 것이 다반사다. 그래서 가까운 사람들 중에서도 제때 하지 못한 말이 많다는 것을 알고, 알았다면 다시 말을 배우는 사람이라고 생각하여 시작하는 자세로 실천하는 것이 정도다.

부모는 말을 배우는 자녀에게 좋은 말을 가르치는 것이 원칙이다. 누가 듣고 감시하지 않더라도, 언제 어디서든지 항상 올바른 말을 가르치면서 간결하고 쉬운 말을 사용하는 것이 원칙이다.

사람은 성선설과 성악설로 구분하지만, 사람의 본디 성품이 무엇인지를 아는 사람은 없다. 하지만 주어진 환경에서 어떻게 구분하면 되고, 그래서 어떻게 지도하고 양육해야 좋을 것인가는 모든 부모가 알고 있다.

기독교에서 사람의 부모는 자녀에게 무조건 베푸는 것이 사람에 대한 사랑이라고 말한다. 마음에 들지 않았다하더라도 돌아서면 용서하고 감싸주는 것이 사랑이며,

모든 부모를 감싸주고 안아주는 것이 하나님의 사상이다. 일곱 번씩 일흔 번이라도 용서하고 사랑하라는 말이다. 일곱 번씩 일흔 번은 490번씩이라는 말이 아니라, 완벽한 숫자의 반복을 즉 끝없이 사랑하라는 말이다.

그러면 사람은 어떻게 살아야 할까?

일곱 번씩 일흔 번을 용서 받는 것도 용서 하는 것도 좋은 일은 아니다. 그 이유는 그렇게 반성하다보면 인생 삶이 항상 반성하는 것이니, 칭찬받고 살 시간이 없다는 결론이다. 용서받기 전에 용서 받아야 하는 일을 하지 말고 조금이라도 좋은 일을 하면 된다는 것이 나의 주장이다.

나는 무슨 말을 하여야 할까?

지금 당장 하고 싶은 말은 있는데, 이 말을 어떤 말로 말귀를 터서 시작하면서, 어떤 단어를 활용하면 좋을까. 참으로 어려운 말이다.

누구든 열린 입으로 미사여구를 활용하여 어떤 말들을 할 수 있지만, 그것을 정작 실천하며 언제든지 항상 본심으로 쉽게 말을 하기가 어려운 것이 현실이다.

나도 본심으로 좋은 말을 하면서 살았노라고 떳떳하면 좋겠다. 남에게 도움을 주지도 못하지만 최소한 피해를 주지 않았다고, 적어도 어떤 때 한두 번씩은 베풀었던 사람이라고.

누구든 눈을 떠야 세상이 보인다는 말은 공감하는 것이다. 하지만 갓난아이들 즉 방금 태어난 아이들도 눈을 뜨고 있다는 것을 명심하자. 필자가 주장하는 내용처럼, 모든 부모들은 영아가 눈을 뜸과 동시에 보고 있으나 알지 못한다는 것도 알고 있다. 그래서 나도 눈을 떠야 세상이 보인다고, 오늘이 아내의 생일날이라는 것을 보고 알았다고 강조하는 바이다.

2017. 08. 16. 수요일

60번째 아내의 생일날에

한호철

차례

| 4부 | 나는 어떻게 살아갈까

| 5부 | 나이팅게일의 촛불

| 6부 | 쓰레기의 귀환

| 7부 | 어떻게 살아 왔는가

| 8부 | 어디서 살까

1부.

효자가 되고 싶다

불효자의 어머니

어머니는 3남2녀의 어머니시다. 예전에 3남3녀를 두었으나 마마에 걸려 잃은 자녀가 있었다. 가족들은 심한 천연두에 걸려 줄줄이 고통을 겪었고, 중간 딸이 그만 명(命)을 달리하였다. 당시가 바로 6.25전쟁 직후였으니 누구 마음대로 선택할 수 있는 것인가.

졸지에 3남3녀의 균형이 깨지고 나서, 3명의 아들은 불효자가 되었다. 어떻게 어머니의 마음을 헤아릴 것이며 어떻게 위로할 수 있었겠는가. 졸지에 처한 상황에서 슬기롭게 살아온 세월인지 답을 밝힐 수 없다.

3남은 마음의 보답으로 나름대로 열심히 살아왔지만, 다른 사람들이 보고 평가한 것은 불효자가 아닐까? 생각해본다. 언제 어디서 남의 이목(耳目)을 무시하고 살아도 떳떳할 수 있을까?

어머니의 환경

어머니는 아버지를 만났고, 유행론에 따라 단 두 명의 가족이더라도 분가를 하게 되었다. 빈약한 가정과 빈곤한 가정으로 만났으니 분가 역시 힘들 것은 당연지사였다. 친척들은 가능한 한 가까운 곳에 뭉쳐 살고 있다면 그들은 서로 든든한 힘을 얻고 사는데, 어머니와 아버지는 객지로 나섰다. 남 보기에 불편하면 그것도 부모에게 불효라는 판단으로 멀리 분가하였다.

우연인지 혹은 운명인지 분가한 가족들이 다시 가까운 지역에 모였다. 부모님을 떠날 처지였으나, 객지에서나마 아는 사람 즉 분가한 친척들이 모여 있다면 얼마나 힘이 되었을까.

성경에서도 부모를 떠나 멀리 가라는 말이 있다. 멀리 가면 고생이 뻔하다는 말인데, 그래도 앞일을 걱정하지 말고 하나님을 믿고 떠나라는 말이다. 그러나 기독교를 따르지 않았던 부모, 오랜 토속적 무속 개념인 전통에 따라 무조건 홀홀단신 분가를 하였다.

간단한 보따리를 이고지고 이사를 하였다. 이불과 밥그릇, 그리고 수저가 생계에 필수품이었으니 따질 것도 없지만, 더 필요한 물품이 있으면 챙기려고 하여도 가져갈 수 없는 처지였다.

슬픔을 덮은 부지런함

그러니 딸을 잃은 부모가 슬퍼할 여력도 없었고, 살아 있는 자녀들에게 불효가 되지 말라고 부탁할 여념도 없었다.

하루 벌어 하루 먹고 사는 사람들은 거창한 계획을 세우고 실천하는 형편이 아니다. 그러니 자녀들에게 돌보면서 호구지책을 마련하는 것은 사치가 아니던가. 그래서 자녀들 아니 자식들은 낳으면 제 먹고 살 것은 자기들이 얻어먹고 산다는 말이 있다.

이때는 빌어먹는 것 거저 얻어먹는 것이 아니라, 자기 할 일을 찾아 자기 역량대로 먹고 산다는 말이다. 그럴 때 먹고 살 자식이 없다고 하는 말은 명이 짧아 일찍 죽을 자식이고, 그런 자식은 인명재천이라는 말이다.

스스로 위로다.

자식을 앞세운 부모는 가슴을 파헤쳐 울어도 슬픔이 가시지 않는다. 그러니 인명재천! 이렇게 좋은 단어를 생각해낸 것도 복이다. 누가 이해를 해주지 않더라도 나 스스로 위로를 얻어 힘을 낼 수 있다는 논리다. 아무리 하소연을 하더라도 분통이 터지고, 위로가 되지 않으며 해결할 수 없는 것이 인생사다.

그러니 죽은 자식은 그렇지만 산 자식이라도 잘 살아야 한다는 말로 덮어두면 가식이다. 허울 좋은 위선이다. 앞서 간 자녀가 바로 불효자이지 않겠는가.

그러나 죽은 자녀는 자의에 의한 것이 아니며 단 한 순간이라도 등을 지겠다고 실행할 정도로 분별이 있는 사람도 아니다.

먼 세상에서 오는 저승사자 즉 사람 사는 세상의 임금님 마마를 만나면 부들부들 떠는 아이 수준이었다. 그러니 세상의 부모를 남겨놓고 가장 슬픈 일을 만들었다고,

떠난 그를 보고 불효자라고 하면 합당하겠는가.

눈물이 흐르면 눈물을 훔쳐내자마자 눈시울이 마르겠지만, 어머니의 눈물샘이 말라붙어 충혈이 되었고 눈물이 마를 일은 없었던 것이 확실하다. 하긴, 피눈물이 나오는 어머니가 돌아서서 자녀에게 보여주지 않는 것이 자식 사랑임에 틀림없다. 성장한 자녀들도 가슴 아픈 어머니를 보니 마음이 편하지 않아, 객지생활을 하였다. 어머니의 분가가 원칙이라더니 자녀들은 분가 전에 객지생활이 무슨 까닭인가.

위로하는 가식

어머니날을 맞아 한 자리에 모이는 자녀가 없었다. 자녀들 대부분의 거주지가 서울, 부산, 춘천이라고 할 만하였는데, 그들이 한꺼번에 어머니날을 기회 삼아 돌아오지는 않았다. 고향과 살고 있는 지역 간의 거리가 멀어, 오는 것도 여간 어렵지 않겠는가.

그러나 부모를 찾아뵙지 못하는 이유는, 멀다고 말이 되지 않았다. 설과 추석 명절에 전 국민의 고향길이 고생길이라는 것은 모두 인정하는 길이다. 그러니 사는 형편이 곤란하다고 하면 부모는 자녀에 대한 걱정뿐이니, 먼 길일 뿐이라고 한다면 당연한 핑계가 되고도 남는다.

그런데 내 형편이 구차하다고 핑계 대는 것이 부모에 대한 불효라서 드러내 놓을 수 없는 도리다. 몸이 아파서 그렇다고 하는 것도 불효다. 뾰족한 대책이 없어도 부모를 안심시켜 드리고 어머니에 대한 효도를 하기 위한 방법을 마련하여야 하는 원칙이다.

바빠서 고향에 갈 수 없다는 핑계, 가 되어야 하는데 일을 못하고 남겨놓고 가면 직장을 그만 둘 수도 있겠다는 두려움의 공포, 오고 가는 새끼들이 피곤하다는 위로, 부모는 자녀의 사정을 듣지 않고 눈 감아도 훤히 알고 있는 것이 정답이다.

그러나 차라리 오지 않는 것이 효도라는 오답이다. 문제집에 해답지도 없고 모범 답안을 별도로 적어 놓지 않았으니, 부모 형편에 따라 자녀 형편을 맞춰 숙제를 풀어내는 것이 맞는 답이다.

효도를 보는 자녀 기준

나는 학교와 군대 생활을 거쳐 객지 생계를 살다가 20여 년 만에 어머니 곁으로 돌아왔다. 부모 슬하를 떠나야 하는 것이 마땅한 순리라던데, 당장 펼쳐지는 기대와 막연하나마 부푼 희망을 접고 고향을 방문한 것이다.

기독교 논리에 따라 멀어져야 한다는데 거역하고 가까이 왔으니, 떡을 먹을 지 아니면 떡을 찧어야 하는 지, 앞으로 어떤 일이 닥칠 것인지도 알 수 없다. 자녀들이 모두 객지로 나섰는데, 이제 아이들을 거느리면서 부모님을 가까이 모실 수 있었으니 즐거운 일이 아닌가.

부모님은 격변한 사회생활에 적응하지 못하였는데, 깜냥의 해결사가 등장한 셈이었다. 지금까지 벌여놓은 일들이 나타난 당신에게는 흑기사가 안고 있는 난제였다. 부모님께서도 고비마다 슬기롭게 넘긴 위기였을 것이나, 그런데도 신세대에게는 구시대는 아니더라도 구방식이라고 치부할 만하다.

그때 흑기사는 백기사로 변하여 구원투수가 되었다. 부모님에게는 백기사인데 본인에게는 흑기사라고 자칭한다면, 하는 일이 명확하게 구분 지어 나타난 역할이 있었던 처지였다. 본인의 형편을 앞세워 앞뒤를 따지면 흑기사가 되고, 나 앞에 부모님을 내세우면 모든 것을 드려도 아낌없는 백기사가 된 것이니 하는 일마다 바로 즐거운 일이다.

내가 하는 일에 따라 즐거운 것은 나 스스로 선택한 행복이다. 우기고 들자면 일정 부분을 인정해야 할 것이다.

유교에서는 '신체발부는 수지부모'라 하였다. 나는 머리카락 한 올이라도 내가 어떻게 만들 수 있는 것이 없으니, 나의 몸은 모두 부모님으로부터 물려받은 것이라는 말이다. 머리카락 하나까지 모든 것을 받았다면, 부모님에게는 한 없이 돌려드려야 한다는 논리다. 부모에게 공양하는 것도 무제한 보살펴드려야 한다는 말이다.

부모님이 행복해 하시면 나도 행복하다는 이론을 인정해야 한다는 생각이다.

남이 보는 기준

아버지와 같은 동년 1920년생 김형석이 98세 때 지은 『백 년을 살아보니』에서도 설명하고 있다. 그는 석학이며 기독교에 귀의한 사람이다. 돈과 명예가 중요하지만 그것만으로 행복을 동일시한다는 것은 아니라는 말이다. 내가 하고 싶은 대로 한다면 어느 정도 그 사람의 삶이 행복하다고 주장하며, 의식주는 과거의 생계 목적이나 부수적인 일로 되었지만 현세의 입장에서는 행복론을 따져야 한다는 명제로 등장하였다.

당연히 현세의 입장에서 고민하는 행복론은 그야말로 입장에 따라 달라지기 때문에 그 행복을 구분할 기준인 자(規)가 천차만별이다.

그렇다면 부모 자식 간의 기준이 아니라 보는 입장에서는 철저한 자기 방식대로다. 남의 일을 두고 이야기 할 때는 그때마다 들려오는 기준을 고쳐 재는 것이 현실이다.

아들이 큰소리치면 아들의 입장에서 두둔한다. 반대로 부모의 입장에서는 부모의 의견을 옹호한다. 구시대적 판단과 신시대적 판단 기준을 놓고 상호간의 화합 그리고 배려를 따라 추종하는 것이 가장 현명할 것이다.

신체발부(身體髮膚)는 부모로부터 받았다고 말하였지만, 부모의 마음을 헤아릴 것은 천만의 일도 못하는 어려운 문제다. 반대로 부모께서 신체발부를 전부 주셨는데, 자녀들의 마음을 그의 천만의 일도 알지 못하신다.

부모는 자식을 믿으며 이렇게 할 것이라고 미루어 짐작한다. 또한 자녀 역시 부모를 믿으며 지금까지 해 오셨던 것을 미루어 짐작하고 단언한다. 그러나 부모 자녀 간에 꼭 필요한 순간마다 이해하며 돕고 배려하였다고 하여 행복하다는 것은 아니다.

아버지께서 평생 80 연세에 돌아가셨다. 많은 수도 아니지만 적은 목숨도 아니다. 아버지의 마지막 여한도 알지 못하고, 헤아리려면 노력해야 한다는 것도 실천하지 못했다. 따지고 보면 나는 불효자인 것이다.

내 아버지의 삶

아버지께서는 이삿짐을 등짐으로 지고, 가벼운 이사를 시작하셨다. 그런 후, 밤낮도 없이 일을 하면서 고달픈 생활을 마다하지 않으셨다. 그리고 돌아가실 즈음에 밥 정도라면 걱정하지 않고 그럭저럭 먹고 살 수 있겠다는 정도였다.

사실 나 어릴 적에 풀뿌리와 소나무 속껍질을 먹어본 친구들이 있었던 시절이었으니, 똥구멍이 찢어지도록 많이 먹고 배부르며 살았다는 말이 증거다.

아버지께서 노력하신 방법과 기간이 얼마나 되었는지 모르지만, 나는 초목근피를 먹어 본 경험이 없으니 아버지 덕으로 밥을 배불리 먹었던 은혜였다. 고생하며 넉넉

하지 못한 생계에 아이들이 먹는 것을 보면 내 입에 먹지 않아도 배가 부르다는 말을 들었는데, 지금 생각해보니 이해가 된다.

아버지도 그 시절에 자식 입에 들어가는 것을 보시면 배가 불러진다니 참으로 기가 막힐 일이다. 아버지의 아들이 중학교에 들어가려고 입학시험을 보는 날이었다. 집에서 중학교까지 멀리 가는 유학길은 아니었지만, 걷기에는 무리이니 버스를 타고 가야 되는 도시 외곽 농촌이었다. 아들이 입학시험을 치른 후 만날 때까지 학교 근처에서 쭈그리고 앉아 기다리셨다.

그러나 나는 그런 상황을 판단할 수 있는 처지가 아니었다. 그냥 공부한다고 하였지만 어정쩡하며 속이 들어차지 않았었다. 고생하고 배고픈 경험이 있으면 아이들에 속이 들어있어 눈치가 야무져진다. 애 아이가 똘망져서 나이를 떠나 '애 어른' 된다는 말이다.

시험 보았냐고 잘 보았느냐고 하시면서, 시험 치는 시

간에 찾았던 식당에 밥을 먹으로 들어갔다. 그런데 아들만 먹이려고 딸랑 한 그릇을 시켰다. 이유는 '나는 오늘 일정을 알고 있어서 미리 든든하게 먹고 나왔는데, 아무런 일도 하지 않았으니 아직도 배가 든든하다.'는 말씀이다.

식당 주인은 무슨 말인지 묻지 아니더라도 '눈치가 백단'일 것이다. 아들이 시험장에 들어간 후 집에 걸어가서 밥을 먹고 다시 오면 배가 고파질 것이니 아쉽고, 그냥 일도 없이 오고 가는 데 버스를 타고 갈 필요도 없었다는 짐작이다.

훗날, 내가 군에 있을 때 매주 외출하면 으레 국밥을 먹었다. 선후배를 만났을 때 시간이 부족하면 부대 앞에서 다들 좋아하는 탕수육을 먹었지만, 가능하면 기회를 만들어 춘천 육림시장에 들러 자주 가는 식당을 두고 있었다. 나머지 시간에는 책을 보거나 공지천을 걸으면서 혼자 사색에 젖기도 하였다.

아버지께서 국밥을 좋아하셨을까, 아니면 가장 저렴하면서도 배가 부를 것을 낙점하셨을까. 아니면 한 번 먹었다가 일 년 동안 먹지 않아도 되는 음식이었을까. 하지만 나는 아버지께서 모임의 회합을 제외하면 일반 음식을 식당에서 드신 것을 본 적이 없다.

아버지께서 일제 말 대동아전쟁의 징집을 피하기 위하여 만주로 피신했다고 하셨다. 이역만리 도망친 처지에 맛있는 국밥을 자셨을까? 당시 일인들의 머슴으로 지냈던 사람들이 편하게 살면서, 일인을 등에 업고 소작농을 부리는 위세를 누렸고, 일본이 패망한 후 본국으로 돌아가면서 어불성설 재산을 충성하던 머슴들에게도 인심 쓰며 나누어 주기도 했다고 한다.

머슴도 직업인데 아버지도 일본인의 머슴을 살았어야 좋았을 것인가, 아니면 우리나라 사람들에게 아닌 다음에는 절대로 그렇게 살 수는 없다고 하신 것이 옳았던 것일까. 국민으로서 국가의 자존심이라고 핑계를 댈 수도 있었을까?

자녀들을 사랑하는 마음

어떻게 사시고 어떻게 돌아가신 아버님께 한을 갚아 드릴지! 어려운 일이다.

남들이 주장하는 효도할 방법을 몰라서 아버지가 떠나신 후 예습 공부한 셈치고, 미망인 어머님께는 한껏 효도하자고 다짐하였다. 어머니는 다른 자녀를 포함하여 거느리는 것이니 한방에 걱정근심을 일소하는 것이 아니며, 그때그때 형편에 따라 시시각각이다.

옆에서 나타나는 자녀는 하는 일마다 마음에 차지 못하는 신세지만, 어쩌다 찾아오는 자녀는 반갑고 안쓰러운 사이다.

반대로 항상 같이 일하며 동고동락을 같이 하는 자녀

는 그나저나 항상 부모 입장에 부족한 것이 여전하다. 그 이유는 자녀가 어떻게 하면 남이 보아도 훌륭한 자녀라는 것, 항상 남의 모범이 되는 자녀라는 기대, 아무런 말 한 마디 하지 않아도 부모의 심중을 헤아려 서로 행복한 자녀가 되라는 천리안을 희망하는 것이다.

성경에 나오는 말 중에 '탕자'의 비유도 있다. 모시고 살고 싶지 않겠다는 둘째 아들은 본인의 요구로 분깃을 분배 받고 임의로 출가하였다. 성경대로 부모의 슬하를 떠나 멀리 살라고 하였듯이, 그리고 탕자는 정처 없이 계획 없이 살았다.

그렇게 많은 재산을 짧은 기간 동안 모두 탕진하고, 거처 없이 할 일도 없었다. 굶어 죽기 직전에 뉘우쳐, 배불리 먹는다면 당장 죽어도 소원이 없다고 판단하여 부모를 찾았다. 중간 중간에 아들의 소식을 들은 아버지는 애간장이 녹아들었다.

부모는 집을 나간 자식이 되돌아오기를 고대하면서 대

문을 활짝 열어 놓았다. 눈물이 마를 날이 없었다. 멀리 나타난 자식을 보니 하인을 시켜 큰 돼지를 잡아 융숭히 대접하고, 좋은 옷과 비싼 액세서리로 치장하여 단장시키라고 하였다.

부모는 집을 나간 자식이 어떻게 살았는지 물어보지도 않고, 왜 이렇게 살았느냐고 나무라지도 않았다. 네가 말하지 않아도 다 알고 있으니 변명하거나 대답을 하지 말라는 뜻이다. 더 이상 할 말이 없자 이에 감격하여 눈물을 흘리며 속으로 흐느낄 수밖에 없었다.

이것이 부모와 자식 간의 두 사람의 행위이며, 더 이상 따지지 않고 받아들이며 인정하겠다는 부모다.

이에 부모와 자식 간이지만 당사자가 아니라, 제3자의 입장에서 탕자의 형을 보고 생각해보면 고약하고 싸가지 없는 사람이 동생이다. 사랑이 넘치는 부모라지만 지금까지 거역하지 않고 열심히 일하며 수고한 아들에게는 합당한 대우를 하지 않으신 부모님이 야속하기만 하였다.

일하다 힘들면 친구들을 불러 잠깐 휴식을 하는 틈에 대접을 하겠다고 하였는데, 돼지 반 마리커녕 닭 한 마리를 잡도록 허락하지 않으신 처사가 불공평하다고 투덜댔다.

그냥 어르신이 행복하시면 나도 행복하다는 이론은 맞는데, 어찌 내 생각에 맞지 않는 부분이 얼마나 많은지 막막하다. 섣부른 결론을 내리면 '불효자 양성소'가 아닌가 하는 푸념이다.

거짓 증언

들추어보면 부모님 생신에 축하한다고 말했지만, 축하 생일 덕담을 하는 날에 오지도 않고 겨우 생일케이크를 보내 온 것을 자랑한 자식이 얄밉다. 게다가 그런 자식이 보내온 얼마간 돈 푼을 받고 동네방네 자랑하는 부모이니 어처구니가 없다. 한 술 더 떠서, 다시 돌아오는 날에는 그 때 네가 보내준 성의가 고맙고 고맙다 칭찬하시는 부모님이 야속하다.

그러니 부모를 떠나 먼 곳으로 분가를 하여야 한다는 말이 오래된 금언(金言) 아니던가.

그럼 나는 어떤가?

계절마다는 물론이며 눈을 치뜨시기만 하셔도 부리나

케 달려갔었다. 부르지 않으셔도 지금쯤은 찾고 계실 거다 하면서, 미리 방문하여 문제를 해결하는 해결사였다. 백이면 백, 천이면 천 가지 해결을 하겠다고 나대지만 기회를 늦어 어쩔 수없이 숙제를 못하고 넘기는 경우가 다반사다.

돌아서면 후회하고 늦으면 원통하다는 생각이 들었다. 그러나 그런 일이 있으면 다음에는 다음에는 다짐하였으나 또 다시 미완의 소망뿐이었다.

그럴까? 하는 행동을 따지면 부모의 마음에 차지 않은 부분이 더 많은 것이 사실이다. 그래서 같이 사는 자녀가 항상 말썽꾸러기나 못마땅한 불효자라는 것이 부모의 자녀교육론에서는 진리다.

어머니께서 병원에 계실 때 일을 들면, 형제자매들에게 연락책을 하여 소집하였다. 병원을 정했으니 찾아뵈어야 한다는 생각에 합당해서였다. 입원 시에 여기저기 찾아다녔다가 병원에서 두 번이나 거절당하고 세 번째에 병원을 결정하였다. 곁에 자식이 있으니 그나마 얼마나 다행이었을까.

그것이 바로 행복이라면 정답일까?

나는 직장을 알아보았다가, 일할 곳이 있다고 승낙하여 출근하는 날짜를 통보받는 곳이 있었다. 수요와 공급이 맞아야 되는 일인데 얼마나 즐거운 대답인가. 어쩌면 행복의 전초였을 것이다.

그러나 나는 그런 통보를 받은 날에 해명하는 답은, 근무할 수 없다고 거부였다. 기상천외 아닌가. 그래도 나는 한 마디에 투잡 중 하나를 마다하였다. 합격 통보를 받은 그날이 바로 어머님의 입원 수속일이었다. 내가 행복하면 어머님도 행복하시겠지만, 먼저 어머님이 행복하시면 자녀가 행복하다는 논리에 따라 내 직장을 포기하여야 한다는 순리다.

입원 전 나의 언행은 조금 달랐었다. 어머님을 찾아뵙고 어머니를 이런 일 저런 일을 찾아 시켜드리기도 하였다. 일부러 만들어 일을 시켜드리면 금방 눈치 채시기 때문에 합당한 방법을 만들어 가장하였다. 이유는 바로 건강을 위하여, 일부러라도 활동하시라는 것인데, 일반적으로 어머니께서 대부분 자녀를 시키시니 반대로 활동이 줄어든다. 내가 하루 종일 붙어있는 것은 아니지만, 그래도 내가 감시하며 운동 삼아 활동하시도록 돕는 것이 도리였다.

그런데 부모와 자녀 간의 소통이 그렇다 하더라도 이것저것 부모님을 부려먹는 것처럼 느낌이 들 수도 있다. 그러니 부르시더라도 못 들은척하며 자리를 피하면 어쩔수없이 직접 하시는 경우가 많은 것이다.

유교에서 더하여 철저한 집안에서는 나를 불효자의 표본이라고 나무랄 지도 모른다. 아니 경을 칠 정도의 불효자가 될 수도 있었을 것이다.

불효자의 위증

성경에 구세주 예수님이 제자들을 모아놓고 모든 제자들의 발을 씻겨 주셨다. 제자 중의 한 명이 예수를 죽이겠다는 다른 족속에게 팔아버렸다. 소재까지 알려주었으며 무리 중의 예수가 누구인지를 알려주는 비밀 약속도 정한 밀고자가 있었다. 그런 제자의 발을 씻겨주셨다. 예수님은 모든 자초시종을 미리 아시면서, 12명의 제자들이 있을 때에 그런 일이 있을 것을 예언하셨다. 그러면 예수님께 정신적으로 힘드시게 만들었다면 밀고자가 불효자인가 아니면 발을 씻겨 주시는 기회를 부여하는 효자인가.

우리나라 옛말에 이런 말도 있다. 장성한 자녀가 어머니 댁에 다니러 갔었다. 효자라고 소문난 사람이 자주 오는 것도 아니었는데, 어머니께서는 그런 아들을 최고로 유명한 효자라고 동네방네 소문을 냈던지 오래였다.

때 마침 친구를 만날 겸 근자에 자자한 효자를 내 눈으로 확인해보자는 친구들이 모여들었다. 그러나 효자는 여기저기 할 일을 하지 않고 마루에 걸터앉아 있었다. 그 밑에 어머니는 대야에 물을 떠서 연로한 자식의 발을 씻겨주셨다. 가끔씩 고개를 들고 아들을 올려보면서 흐뭇한 미소를 지어보셨다.

아니 이럴 수가! 효자의 친구들은 모두 소리를 합창하여 질러냈다. '아니, 효자라고 소문나더니만 이런 자식이 천하의 불효자네! 불효자라는 말에 들어있는 효자라는 글자도 아깝다.'

고생하고 미수(米壽)의 대망을 기대하시던 어머니께서 들으시면 어떨까 미안하지만, 지금 당장 이런 일을 따지지 않을 수가 없으니 노발대발 호통을 질렀다. 그러니 자칭 타칭 효자도 계면쩍은 모습을 보이면서 손을 젓고 말을 막았다. '나는 효자라고 칭찬을 받을 수 있도록 노력하였는데 어머니는 자신이 기뻐하는 일 즉 어머니께서

행복하시도록 하는 것이 효자라고 말씀하셨다.'

그러니 효자? 불효자?

어떤 자식이 어머니 발을 닦아드려야 하는 것인가. 어머니는 자식이 아무리 늙었어도 자식이 분명한데, 어린이 대하듯 자식의 손발을 씻어주고 이런저런 대화를 하는 것이 가장 행복하다고 말씀하신 것이었다. 그러니 어머님을 기뻐하시고 행복한 미소를 만들어 드리는 것이 바로 효도가 아닐까.

청개구리 효자

청개구리가 아닌 부모님의 말씀을 잘 듣는 자가 효자일거다. 미수(米壽)에 이르신 노인이 즐겁고 흐뭇한 미소를 지어 보이시며, 자신이 할 수 있는 것을 찾아 자녀를 돌볼 수 있다면 그것이 바로 자신이 살아있을 가치를 주장하신 것이다.

자녀에 대한 사랑은 때와 조건을 따지지 않는 것이다. 돌아온 탕자를 반갑게 받아주신 것이 바로 사랑이다. 부모에 대한 죄가 얼마나 큰 문제인가를 따지지 않고, 살아 돌아온 것만 가지고도 기뻐 칭찬하는 것이다. 그러니 부모님의 걱정을 끼치지 않고 근심을 덜어주는 것이 바로 효도다.

불효자의 조건

말씀을 거역하지 않는 것이 효도의 가장 큰 제1 계명이다. 그런데 돌아온 탕자가 가장 큰 효자이고, 분가하지 않고 집에서 모시고 살았던 큰 아들은 불효자인가?

어머니께서도 80세에 돌아가셨다. 어머니는 구시대의 증인이므로 종교를 가지지 못했었다. 이른바 민속에 젖어있던 시절, 무속에 관심을 가지고 계셨었다. 그러나 점차 개화를 접하자 어느 날 무속에서 탈피하여 많은 사람들이 귀의하는 종교를 소망하였다.

그러다가 무속을 등한시하면 내 휘하의 군대는 어디 가느냐 하는 듯 어머니를 들들 볶아서 단속하였다. 그러니 어머니의 마음은 굴뚝같았지만, 겉으로는 무속을 비웃거나 무시하지도 못했었다. 그것이 바로 무속(巫俗)의 속성이라고 생각한다.

다른 종교로서 기독교는 돌아올 탕자도 용서하며 귀히 여기는 것이며, 불교는 살생금지가 불문율이며 자비를 베푸는 것이 원칙이다. 원불교 등 여타 종교에서도 사람에 대한 대우는 대동소이다. 그러나 무속에서는 얽매어 놓고 다스리는 주종의 관계를 유지하는 것이다.

실제로 나의 가족 중의 예를 들어보아도 일반적인 사람들이 인정을 하기는 할 것이다. 중한 병에 걸려 경각한 중에 시시각각 변하고 있었다. 그러나 가족이 기독교 목사님이니 안정을 찾고 기도하는 것이 일반인데, 무속에 속한 사람이 부적을 가져다가 몰래 붙이기를 몇 번이나 숨겼다. 기도하는 중에는 마음의 안정이 되지만 몸은 아프기도 마찬가지였는데, 환자 모르게 부적을 붙이면 환자는 몸이 아프지 않다고 얼굴빛이 달라졌다.

기독교와 불교에서 죄를 인정하고 속죄하면 그 대응을

감수하여야 한다. 이른바 업보다.

종교적으로 지적하는 병은 모든 사람들이 죄를 지어서 항상 병에 걸렸다는 말은 아니다. 그러나 무속에서는 당장 순간을 모면하는 것이 물리적인 보수로써 오고 가는 거래 행태다.

무속의 요구대로 부적을 붙여도 결국 그 순간을 모면하지 못하고 운명을 달리하고 말았다.

한편, 어머니께서 기독교에 마음을 두었지만, 막상 그렇게 표명하면서 돌아서지 못하는 것이 불가한 현실이었다. 어머니께서 후회하면서도 무속을 떠난다는 말을 떳떳이 밝히지 못하고, 기회를 노리지도 못하셨다. 과감히 돌아서지 못하는 까닭은 당장 가해지는 보복을 경험하면서 더욱 두렵다고 이야기하신 것이다.

중병에 처한 사람은 당장 순간 정신적 고통이 아니라 물리적 고통을 벗어나고자 소망하였다. 그러나 그런 상황에서 전국의 모든 사람들이 인정할 수 있을까.

앞의 예에서처럼 정작 배우자가 기독교 목사님이어서 부적을 붙이는 것을 알자 큰 호령을 내렸다. 그리고 부적을 직접 떼어 내버렸다. 그러나 최종적으로 환자는 세상을 떠났던 것이다. 그 해를 넘기지 못하고 말았다.

어머니의 두려움은 어떤 것인가 짐작하고도 남는다.

그러면 기독교 목사님인 가족이 배우자의 고통을 덜어주려고, 부적을 직접 붙이거나 자신을 모르게 붙인 것을 알고 나서 묵인할 수 있었을까? 그렇게 하면 배우자를 위하여 잘 한 것이 어느 것일까?

어머니께서 고민하고 계실 때 과감하게 떨쳐버리는 것이 좋은 것인가, 미적거리다가 기회를 잃은 것이 좋을까. 여기저기 아프다 말도 못하신 것을 자식의 입장에서 어떻게 대답해야 옳을까. 부모님의 말씀에 순종하면 부모님께 효도라더니 과연 맞는 말일까.

어머니께서는 돌아가신 주 원인은 마음의 병이거나 내

면적인 병이 아니라 물리적 외형적인 골절이 주 요인이었다. 그러니 거동이 불가하니 이런저런 일을 생각하지도 못하셨다. 사실 골절이라 외부로 여러 사람을 통지하여 소집할 필요도 없었다. 병문안이라고 오라거나 가라는 것이 번거롭기도 하며, 상대방에 대한 배려 차원에서 직계 자녀 외에는 전혀 연락을 하지 않았다.

그 사이 내가 다니는 교회의 전도사님이 우연하게 방문하여 전도하셨다. 절호의 찬스! 교인들이 에워싸고 있으니 마음대로 쉴 수 있는 기회였다.

그러던 중 갑자기 돌아가시니 그런 것들이 모두 마음에 걸렸다. 어머니의 형제자매도 그렇고, 의형제 의자매를 맺은 사람들도 그렇고, 3촌 이상의 4촌 친척들이 그렇다. 60년 이상 살았던 마을의 지인들이 모두 그런 처지다.

돌아가시기 전에 지인들을 불러 작별의 인사 대신 안부라도 나누는 것이 좋았을 것인데, 그러면 나는 불효자가 되었던 셈이다.

부모님의 마음 헤아리기

입원 치료 중 어느 날, 어머니는 갑자기 집에 가자고 하셨다. 퇴원하는지 아니면 잠깐 다녀오는 것인지 모르겠지만, 불현듯 가자고 하셨다. 그러나 나는 집에 가실 필요가 있으면 내가 다녀올 테니 무슨 일이든 명령만 내리시라고 대답하였다. 그런 말은 어머니께서 집에 가실 필요가 없고 그냥 병원에서 계시라고 부탁을 드린 것이다.

때는 한창 엄동설한, 혼자 사시던 집에 비용을 절감하려는 목적에 보일러를 가동하지 않고 사시는데 말도 안 된다는 거부였다. 깁스를 하셨으니 승용차가 아니라 앰뷸런스를 불러 가야 하니 영 마땅하지 않았다. 단순 이동을 위해 119구급차를 이용할 수도 없는 일이었다. 설사 그렇다 하더라도 한 겨울 갑자기 보일러를 틀고 자겠다고 하는 것도 어불성설이었다.

저녁 8시 경, 막무가내로 집에 보내달라고 애원하셨다. 그러나 그런 집에 성치 못하신 분 혼자서 왜 가야 되는지 이해가 되지 않아 단호하게 막았다. 한참을 실랑이를 하였는데, 어쩔 수 없이 어머니는 체념하셨다.

나는 아침과 저녁을 병 문안차 방문하였는데, 어쩌다는 아침이나 저녁 중 한 번 들러서 마감을 하였다. 그런데 한참 실랑이를 했던 다음 날 아침, 조금 늦게 방문한 후 일터에서 점심 식사를 하려는 계획을 세우면서 돌아왔다. 오고 가는 것이 용이하며 대략 15분이면 거뜬하다. 근무지에 도착한 시간은 낮 12시 15분경, 뜬금없는 전화를 받았다.

'어머님이 돌아가셨다.'는 전갈이다.

어쩌면 그럴 수가 있을까? 방금 전에 뵈었을 때 여느 때처럼 별고가 없었는데, 그런 일이 있다니! 어머니께서 유언이나 무슨 말씀을 하고 싶었는지도 말이 없었다. 이제 알았으니 근무처로 가보라는 말씀을 하신 것이다. 나는 임종을 거역하였으니 불효자임이 틀림없다.

저승사자가 왔음을 미리 알고 계셨을까? 마지막 승복하여 다시 무속에 빠진 것을 증명해보일 것인지, 교인들 무리를 떠나 무속인에게 빌 것이니 평안하게 보내 달라고 애원할 참이었는지.

정말 교회를 믿고 귀의하였으니 하나님을 믿고 무속인과 대항하겠다고 호언한 것인가. 그러면 귀띔 하시고 유언을 하실텐데 설마 그럴 수가 있을까.

다리에 깁스를 해서 운동이 부족하니, 힘에 부쳐서 끌려가셨을까? 내가 불청객을 방어하면서 어머니를 부축하여 버티고 계시도록 도움이 되지 않았다니, 나를 불효자로 알고 가신 것은 아닐까.

무속계의 규정대로 객귀는 집안에 들이지 말라고 하였다. 그래서 어머님이 집에서 돌아가실 것을 원하는 이유가 그랬을까.

나는 병원의 전화를 받고 달력을 보니 금요일 오후로 접어들었다. 빈소와 3일상에 따른 출상을 계산해보니 마음이 다급해졌다.

우선 빈소를 병원에서 알아서 처리하라고 일임하고 일을 덜었는데, 영정사진이 준비되지 않았으니 마음이 속수무책이었다. 망자의 수의는 벌써 공달을 맞아 준비하셨다고 확인한 사실인데, 급한 마음에 모두 끄집어내어 널려놓았다. 답답하고 급한 마음에 열이 뻗쳤다.

방마다 창문을 열어 제치고 구석방으로 들어가 보니 웬걸! 문을 열고 들어가면 바로 수의 보따리를 밟지 않고는 들어갈 수도 없는 상황이었다. 정말 어머니께서는 어리석은 자녀를 위해 누구든지 쉽게 발견하도록 내두셨으니, 나는 대답할 말이 없다.

수의를 들고 달려가면서도, 왜 집에 가자고 하신 것일까가 궁금하기 짝이 없다. 직접 수의를 챙기실 의사(意

思)인지, 다 모아놓고 유언을 하실 것인지, 통장과 귀금속이 얼마나 있으며 어디에 있는지 확인하실 것인지, 두고두고 후회가 없도록 오래 살았던 고향 집에 다녀가고 싶으신 것인가. 아님 먼저 가신 남편의 사진을 부여잡고 인연을 미련 남기지 말자고, 마지막 남편 사진을 보면서 작별 인사를 나누어야 한다는 것일까.

후회

나는 어머니의 속마음을 알 수 없었다.

거기에는 청개구리의 효도를 통하여 짐작할 수 있을 것이다. 부모님의 말씀을 절대로 듣지 않고, 들리는 것은 반대로 듣는 자녀가 있었다. 내 자식이지만 도저히 올바른 자녀가 아니라는 것을 인정할 수밖에 없었다.

어쩔 수 없이 죽을 때에는 청개구리에게 거짓 유언을 남겼다. '내가 죽거든 개울가에 무덤을 만들라.'는 지시였다. 소나기나 장마가 아니어도, 실비가 오더라도 바로 무덤이 유실되고, 자녀들이 제사를 지낼 수 없다는 것을 예견한 결과다.

항상 반대로 어긋난 행동을 하던 청개구리는 부모님을

여의고 나자 자신의 과거를 후회하였다. 자신이 불효자라는 것을 통감하고, 마지막 유언 즉 한 가지 지시라도 들어드려야 한다는 효자가 되기를 소원하였다.

비가 조금만 내려도 혹시 이 비에 무덤이 유실될 것인지 염려하면서 근심이 되어, 비가 그치도록 하늘에 빌고 비는 통곡의 속죄를 올렸다. 비가 오면 목청이 터지도록 울부짖는 개구리는 먹고 나서 우는 것이 일상이었다.

교과서에도 나오는 청개구리는 불효자의 대표로 등극하였다. 청개구리가 아니더라도 나와 같은 사람이라도 불효자의 대표로 등록하는 것이 다반사다.

죽은 사람은 죽은 사람이고, 산 사람은 살았으니 현실적으로 살아가야 한다는 말이 생각난다. 사람은 죽은 저승보다는 개똥밭에 굴러도 이승이 좋다고 한다. 해석하면 호의호식에 비단 이불이 아니라 개똥 위에 굴러도 이승에 산다고 버티니, 저승사자가 담판에 졌다.

그래서 저승황제에게 가서 그대로 보고하면서, 데려오

지 못한 죗값에 엄중한 벌을 받을 것이라고 체념을 하였다. 그러자 저승의 황제 즉 염라대왕이 어처구니가 없어서, 그러면 이승에 산다고 하는 저승 예약자에게 소원대로 이승의 똥 밭에서 자라고 지시하였다.

저승에 가야 하는 판인데 이승에 산다고 우겼으니 그러자고 재판 결과를 내린 것이다.

어머니께서는 돼지고기를 평생 먹지 않으셨다. 혹시 시시한 먹을 것이기에 돼지고기는 먹지 않겠다고 다짐하시고 절대로 먹지 않으신 것인가, 아니면 불교적 책무를 따르신 것인가. 어머니는 닭이나 소고기는 잡수셨는데 내 기억에 정말로 돼지고기를 먹지 않으셨고, 다른 식구들은 눈에 불을 켜고 내가 먼저 많이 먹겠다고 호시탐탐 노렸던 것 같다.

어머니께서 한창 밤을 낮 삼아 일하시던 때부터 돼지고기를 먹지 않겠다고 다짐하였을 것이다. 내가 먹어야 살지만 자식들의 입에 넣기도 부족하니, 나는 먹으면 두드러기가 난다고 하는 어머니들의 허가 난 공동 멘트다.

전에는 두드러기가 났다던 사람들도 현대에는 육체적 면역력이 축적되어 돼지고기 정도는 모두 잡수시는 어른들이시다. 그럼에도 어머니는 계속하여 잡수지 않으셨는데 정말 어떤 이유인지도 모른다.

보내드리는 미련

어머니 출상을 정해보면, 기독교론에서 논하는 것이 일요일 출상에 해당되는데 금기이다. 일요일은 주일날로써 7일째 쉬는 날이라는 말이다. 요즘의 기분으로 놀고 쉬는 날이 아니라 천지창조를 하신 하나님의 뜻대로 쉬는 날이다. 육체적 휴일이 아니라 돌아보면 어떻게 만든 인류인가 지켜야 하는 날이라는 말이다. 우리는 대체로 절대로 신앙심이 깊지 않다고는 하지만 기독교를 신봉하는 일인 것은 확실하다.

그러나 내가 출교하는 교회의 목사님께 솔직히 통보하였다. 우리 어머님은 우리 교회목사님의 집례로 출상 예배를 드리지 않고, 주일날에 출상을 하겠다는 청천벽력이다.

목사님은 그러라고 쉽게 말씀하시고 돌아가셨다. 우리는 우리 가족 중의 목사가 있으니 스스로 집례를 하고 모든 것을 진행하겠다는 통보다.

서울에 사는 가족인 목사는 출상일인 일요일 즉 기독교의 주일날 아침 교회의 예배를 집례 하여야 하는 상황이었던 것이다. 그래서 당일 아침 일찍 출상 예배를 마치고 부랴부랴 서울을 향해 출발하였다.

보통 치르는 3일상이 아니라 4일상이 된다면 그것이 좋을지 정답은 없다. 그런 이유는 조문객이 많고 오고 가는 시간에 여러 사람의 형편을 고려하여 결정하는 상례다. 그러니 사람 살고 죽는 상황에 따라 3일상이나 4일상이 무슨 필요가 있단 말인가. 교회에서 교인들 간의 구설수가 되는 것은 회피하는 것이 합당하다. 하지만 주일날에 출상을 하면 죽을 중죄인이라면 맞는 것일까?

기독교 목사가 자신의 어머니 장례를 치르지 못하고 남에게 맡기고 타향으로 떠난 다면 합당할까?

성경에도 이런 식의 논리가 나오고 있다.

하나님의 독생자인 예수님을 죽이려고 호시탐탐 기회를 엿보다가, 빌미를 잡아 엮어버릴 기회를 만들었다. 예수님이 제자들을 거느리고 길을 가셨다. 그러다가 길가의 보리를 꺾어 먹는 것을 트집 잡았다. 주일날에는 일을 하지 말라고 시키신 분이 바로 당신인데, 제자들이 지시를 어겼으니 바로 중죄인이라는 말로 시비를 걸었다.

그러자 예수님은 그렇다면 음식을 만드는 간단한 일을 거론하면서, 그런 정도를 일이라고 우긴다면 이미 만들어 놓은 음식을 먹는 것도 일에 해당하는 것이냐고 나무라셨다.

예수님이 세상에 오신 목적은 사람을 구하는 것이므로, 주일날은 일을 하지 말고 먹을 음식이 옆에 있어도 그냥 굶어 죽어야 한다는 것은 맞지 않다고 지적하신 것이다.

그렇다면 극단적으로 숟가락을 떠서 밥을 먹는 것도 노동이라는 것이므로, 먹는 행위 즉 주일날은 먹지 말라는 상대적 비유다. 과연 우리 집에서 어머니의 출상을 주일날에 치른 것은 중죄에 속하는 것일까? 어머니를 향한 행동이 불효인가 효가 될 것인지.

정말 할 수 있었더라면...

죽은 사람의 부탁을 받아들인다는 사람이 있다. 나는 항상 너를 위해 희생하는 사람인데 죽은 사람의 소원도 들어주는 완벽한 사람이니, 너의 부탁은 당연히 들어준다는 말이다.

그러면 죽은 사람의 소원을 들어주는 사람이 있을까? 죽을 사람의 소원을 들어줄 사람이 있을까?

현자(賢者)가 보니 피부색이 하늘처럼 맑고 싱그러운 녹색을 지닌 개구리를 보고 청개구리라고 명명하였다. 덩치가 보통 참개구리보다 작어서 아직 크고 있는 청년이라는 말에 걸맞게 청개구리가 안성맞춤이었다.

그런데 청개구리는 비가 오면 항상 울고 불면서 후회

하며 통곡하는데, 생명을 가진 동물 중의 가장 훌륭한 효자의 대표로 인정할 방법은 없을까?

효자의 대표로 뽑힌 사람도 부모를 위하여 통곡하고 후회하지만, 결심을 오랫토록 지키지 못하는 작심삼일이다. 많든 적든 한 방울이라도 비가 올라치면 근심 걱정으로 부모님을 위하며 후회하는 사람이 있을까.

현자가 지켜보니 개구리는 안타까운 심정으로 울고 불다가 애가 타서 크지 못했다.

나이가 들고 늙어 죽을 때까지 조사하였어도 어머니 무덤을 만들 때의 덩치가 여전하였다.

청개구리는 죽은 사람의 소원을 들어준다는 사람의 비유처럼 죽은 개구리의 소원을 들어주지 못한다. 그래서 죽기 전의 어머니 소원을 들어드리지 못해 효자라는 칭호를 얻지 못했다.

어머니의 유언을 지킬 때 마지막 한 번으로 효자로 등

극할 기회를 얻었다면, 청개구리는 무덤을 개울가가 아닌 산 위에 만들었을 것이다. 그러면 효자 개구리는 출상 후에 단 10분 짜리 효자라 인정받았겠지만, 돌아서서 깨끗이 잊어버리고 어머님을 그리워하지 않을 것이다. 그러나 내가 곰곰 생각해보면 자신이 죽을 때까지 후회하며 사모하는 청개구리보다 더 훌륭하고 멋진 효자효녀를 찾을 수 없을 것 같다.

어머님이 돌아가실 제, 나는 효자 편에 들어간다는 생각을 거두지 않을 수 없었다. 돌아 보면 하는 일마다 어머니를 행복하게 해드리지 못했다는 것이 생각나니 불효자라는 결론이 났다. 불효자를 자녀로 둔 사람, 나의 어머니는 저 세상에서 어떤 생각을 하고 계실까.

2부.

가까워도 돌아가는 길

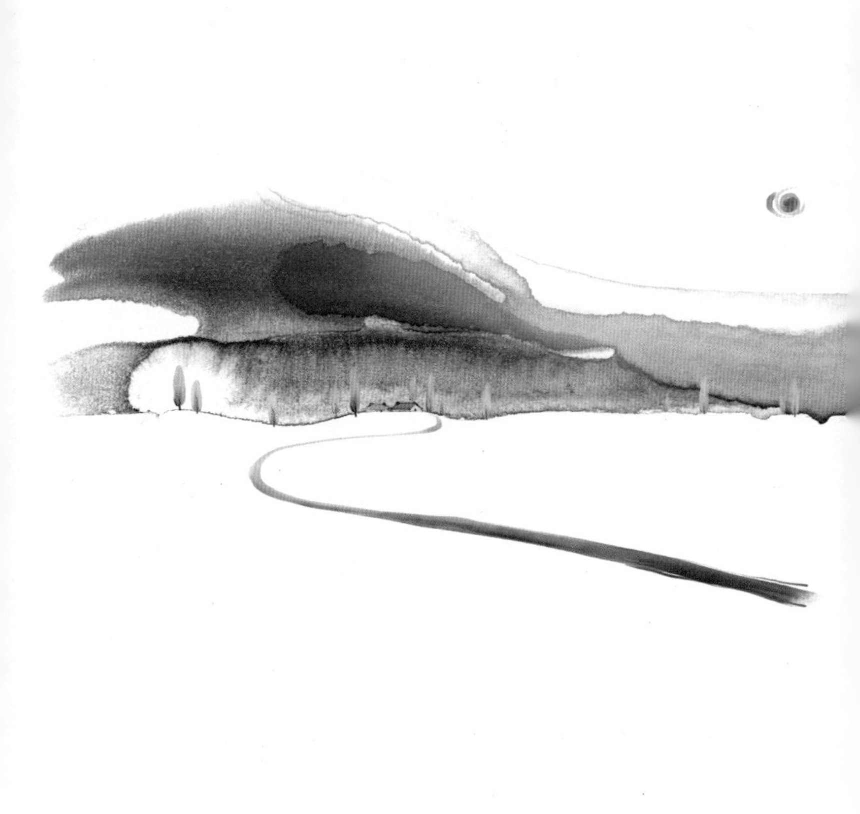

가까워도 돌아가는 길

가야 할 길이 가까운데 돌아가는 길을 택한다면 정답은 아니다. 의도적으로 돌아가는 경우도 있지만, 보편타당한 경우는 가까우면 돌아갈 길이 아닌 것이다. 어쩔 수 없이 돌아가야 하는 경우가 있기도 한데, 그런 경우는 모든 사람들이 불편하고 위험한 길을 피하여 돌아가는 것이니 안타까운 길이다.

장군의 정의

일본이 침략하여 전쟁을 일으키자 조선의 충신과 국가를 위하는 백성들이 힘을 다해 지켜냈다. 곽재우 장군과 절친 사이인 김덕령 장군은 전라도와 광주 지역을 중심으로 왜국을 물리치는 의병을 일으켰다. 창의적인 사고로 왜군을 크게 막았으나, 무고를 당하여 참혹한 죽음을 맞았다. 먼 길로 돌아가던 의병이 짧은 생을 마쳤다.

그러나 경상 감사였던 김수는 왜군을 만나 멋있는 싸움을 맞서지 못하고, 그냥 왜군의 눈을 피하여 도망 다니다가 목숨을 부지하였다.

그러고 보니 경상 감사라는 직위를 유지하기 위하여 숨고 도망 다닌 것은 아닐까. 정의로운 장군들의 죽음 대신에, 왜군을 물리쳐서 나라가 얻은 것은 무엇일까. 싸우지 않고 도망 다니다 조정이 내리는 상을 골라 받았으니 이게 답이 되는가? 관리라는 직위를 유지하기 급급한 사람이 최후에 받을 정답을 알았다면 얼마나 불공평한 것인가. 김수는 가까운 길을 보고 오로지 자신의 목적을 위하여 곧바로 가까운 길로 돌아선 자다.

친일파들이 망하고 죽임을 다 받아도 마땅한 일이었지만, 오히려 참된 국민들을 다스리는 자리를 차지하고 더하여 득세하여 자신의 불명예를 덮어둔 사람들은 무엇이라 일컬을 일인가. 친일파들은 자신의 죄를 묻는 대신 동문서답으로 얼버무려 내뱉는 파렴치들이다. 멀리 보이는 국가와 국민의 삶을 위하지 않고 오로지 자신의 보신만을 위한 행위를 좇는 자이다. 그들이 바로 가까워도 먼 길을 돌아가지 않은 사람 즉 편한 일만 찾는 부나비다.

세상에 사람이 사는 곳에는 높고 낮은 차이가 있으며, 덥고 추운 차이와 물이 있는지 부족한지의 차이가 있는 것이다. 사람은 주어진 환경을 적응하다가, 차츰 극복하며 개발하는 머리가 있다. 만물의 영장이라는 사람들이 스스로 터득하면서 가까운 길을 보면 돌아가지 않고 가까운 방법을 적용하는 것이다.

그러나 연구하고 개발하며 적용하는 사람들이 먼저 자신의 편리를 위하여, 반면에 다른 사람의 편리를 방치하다가 지역적 그리고 지정적인 차이를 의도적으로 방기하기도 한다. 그런 경우는 보편타당한 방법이 아니라는 생각이다.

의로운 여인

기독교에서는 '사마리아 여인'이라는 단어가 나온다. 근거의 배경은 철천지 원수 혹은 다른 사고방식을 기준으로 유대인이 지칭하는 이방인들이 살고 있는 곳 즉 사마리아지역의 여인이라는 말이다.

유대의 동일지역의 유력자가 길을 가다가 강도를 당했다. 그러나 여러 사람이 오고 가는 길이므로 쉽게 발견되었으나, 다른 사람들이 못 본 척 돌아서 외면하였다. 그 사람이 혹은 잘 아는 사람이라도 내가 그를 도와주겠다면 시간적 금전적 지출을 감수해야 한다. 뿐만 아니라, 치료하는 과정에서 행여 늦었다가, 환자가 죽으면 오해 받고 살인 누명을 받을까 걱정하였다.

그런데 사마리아 여인은 유대인이 강도당한 것을 발견하였고, 멸시를 받는 사람이라 하더라도 우선 환자를 살려야 한다는 사명감에 주막으로 옮겼다. 지금 급한 일이 있어 갈 길이 먼데, 치료비를 듬뿍 집어주면서 말을 하였다. 그러다 비용이 부족하다면 돌아올 시간에 반드시 내가 보상해줄 것이니 얼마나 더 소용되었는지 기록하고, 우선 주막 주인이 가진 돈으로 해결하라고 부탁한 것이다.

낯선 이방인 사마리아 여인은 의인이다. 이 여인이 행한 행동은 어떤 보수를 받기 위하여서가 아니며, 돈이 너무 많아 주체가 없는 사람이 아니다. 사람을 위하여, 불우한 환경에 처한 사람을 위하여, 많은 사람들의 편리와 다수의 이익을 위해서라면 내가 지불하는 수고를 마다하지 않은 사람이다.

지형적 불편한 길

물리적인 지형 특성상, 가까워도 돌아가야 하는 길도 있다. 눈앞에 빤히 보이는 곳인데, 건너야 하는 길에 물이 있다면 바로 건너갈 수 없다. 10분에 간다면 죽음을 무릅쓰고 모험을 할 수도 있겠지만, 매우 위험한 물에서 많은 사람들이 매일 모험을 한다면 좋은 방법이 아니다. 그러면서 1시간이나 돌아가야 한다면 아깝고, 불편한 길이지만 당분간은 그럴 수밖에 없기도 하다.

합당한 사람이라면 여러 사람을 위하여 개척하여 편리한 길을 만들어야 한다. 현명한 지도자의 행위는 필요한 책무다.

티베트는 소수민족으로 구성되었으며 전투력이 형편없이 빈약한 나라다. 경제력도 비교 할 수 없는 처지이며, 국민들의 학력이나 개척정신도 여력이 없다. 그러나 두 살배기 한 명의 아이를 티베트의 정신적 지주라고 믿었다. 그런 조건은 국가의 전통 여건에 맞춰 물색한 사람이다. 정신력과 믿음이 확고한 사람이며, 오래 전부터 전통에 합당한 구비조건에 따른 데, 그것은 합당한 사람이 태어난 것을 꿈에 지혜를 얻어 찾은 결과다.

티베트의 현 지도자는 1935년생이며 2017년 현재도 건재하고, 2017년에 저서를 출판하기도 하였다. 달라이라마는 지도자이며, 티베트의 모든 국민들이 추앙한다. 그래서 티베트는 행복지수가 높은 국가다.

거기에 티베트의 지형적인 여건에 따라 열악한 국력이

드러난다. 주 생산물이 차(茶)인데 운송수단이 말〔馬〕이므로 유명한 차마고도를 생각하면 이해가 된다. 학교에 가는 어린이도 강을 건너야 하는데 물이 깊고 험난하여 헤엄쳐서 갈 수가 없다. 그래서 강변 양쪽에 밧줄을 매고 도르래를 타면서 유격을 하는 듯 다니는 길이다.

티베트에서 다니는 강 위의 공중 도로를 길이라고 해석하면, 길이 가까운데 먼 길로 돌아가야 하는 길이다. 그럼에도 가까운 길을 그대로 가깝게 이용하려면 변칙적인 길을 만들어야 한다는 것이다.

이 길은 달라이 라마가 만든 도로가 아니며, 그는 경제적 그리고 군사적 지도자가 아니다. 그러나 달라이 라마가 주장하는 정신적 모토를 받아들이고 개척하며 개선하는 것을 따르는 것이 국민성이다. 만약, 내가 사는 곳이 아니기에 나는 안전한 곳에서 살면서 자자손손 부유하게 만들어야 하는 것이 최우선이라고 생각한다면 같이 살 수 없는 이방인들의 모임에 불과하다.

신흥종교인 원불교에서 경산 종법사가 말했다. '잘 늙으려면 하루에 다섯 가지 정도 감사 일기를 써라. 그러면 생각이 달라지고, 주변에서 나를 인정하게 된다.'

뭔가 급한 마음에 남을 돌아보지 않고 달려가다 보면, 부딪치거나 상해를 가할 수도 있는 것을 모두 아는 사실이다. 반대로 남을 돌아보면 지금 아니더라도 혹은 죽은 다음이라도 나를 위해 갚아줄 것이라는 이야기다. 절대은혜, 법신불 사은을 자주 인용하는 종교다.

우공의 신념

우공이산(愚公移山)!

어리석고 미련한 사람이 산을 옮기고 길을 다듬었다는 말이다. 나이 먹고 힘든 노인이 빠르고 곧은 길을 만드는 과정이다. 하마 내일 혹은 모레 죽을지도 모르는 분이신데, 어찌 미련하게 곡괭이 하나를 고른 장비로 산을 부숴 버린다는 말인가?

그러나 어리석은 사람은 걱정하지 말라면서 나도 그 정도 상황을 아는 데, 나 죽으면 아들이 할 것이고 아들이 죽으면 손자가 길을 만들 것이라고 말했다.

나는 좋은 영화(榮華)를 누리지 못하더라도 남이 좋으면 그것이 족하다는 말이다. 정말 우공 즉 어리석은 노인이다. 스피노자는 '내일 세상이 멸망한다고 하더라도 나는 오늘 한그루의 사과나무를 심겠다.'고 말했다.

그런데 우공은 어찌하여 돌아가는 길을 가고 있을까?

어리석고 미련한 노인은 죽을 때가 되어 좋은 일을 해

보겠다는 셈이다. 그러나 장비(裝備)가 있고 많은 사람들이 도움을 지원하면 어리석은 노인이 산을 옮기는 일은 하지 못할 것이다. 아마 불도저와 같은 좋은 '장비'라는 이름과 빌려주거나 도움을 준 '지원자'의 명의로 사후(事後)에 기념비를 세워줄 것이다.

그러나 오로지 혼자의 노력으로 이룬 공은 어리석은 노인의 이름으로 기념비 대신 마음속에 금언(金言)으로 남아있다. 일이 되든 안 되든 묵묵히 삽으로 퍼내면서 이름도 밝히지 않은 노인이다. 내가 그의 이름을 물어보니 '후대 후손들이 가는 길이 평안하기를 바라는 마음, 이름과 황금 그리고 명예보다 그것 뿐'이라고 말했다. 긴 이름이다.

정말로 우공에게 세월이 더디 간다면 얼마나 좋았을까? 전성권이 지은 수필집 『거꾸로 가는 시계』에 보면 부여 낙화암 아래 고란사에서 약수를 연거푸 벌컥 벌컥 마셔대면 다시 젊어지고 좋았을 것이라는 대목이 나온다. 아니 세월이 타임머신을 타고 과거로 돌아간다면 얼마나 좋았을까? 삼천갑자 동방삭이라도 된다면 더 없이 좋았을 것이다.

삽으로 곡괭이로 파서 산을 옮긴다면 부지 세월을 살면서 책임을 완수하겠다는 희망과 기대가 펼쳐질 것이다.

선배의 우공성

자신의 일에 안주하는 사람도 있다. 접하는 일마다 상대방에 도전과 시도로, 개척과 개혁으로 일관하는 추진하는 것이 관리자 전형이다.

새로 부여된 그룹에 참여하고 내가 새로운 과제를 부여 받은 것처럼, 과감히 후배에게 기회를 주어야 하는 것이 좋은 전통이다.

말하자면 후배를 키우는 것이 필요하다는 이론이다. 하급자를 보면 항상 미덥지 않은 일을 한다고 여기지만, 이런저런 시행착오를 통하여 효율적으로 처리 하는 방법을 가르치는 과정이 필수적이다. 다만, 실패를 하기 전에 성공의 지름길을 안내하는 것이 바람직하다.

그런데 항상 후배를 혹은 하급자를 감독하고 지도하는 보람은, 내가 하는 일이 맞으니 내가 하는 방식으로 따르라는 말만 언급할 뿐이다.

내가 키운 후배가 내가 지도한 것을 배웠기 때문에 자신이 노력하는 바탕 위에 기술터전 위에 발전하고, 스스로 터득하여 인정을 받았다고 말하는 경우가 많이 있다. 칭찬이다. 반대로 선배의 지도를 받았다는 것은 드러내지 않더라도 주변에서 알아주는 것이다.

그러면 과연, 유아독존(唯我獨尊)과 독불장군(獨不將軍)이 정답일까? 후배를 키우지 않고 내가 대대손손 마르고 닳도록, 혼자 유지하려고 노리면 자신은 물론 국가적 정답이 아니다.

남을 평가하고 이런저런 심판을 하는 것이 아름다운 처사가 아닌 것은 분명하다. 그러나 사람의 일을 보고 나은 미래, 사람을 위해 살아가는 방법을 전파하라는 것이 다수의 바람이다.

달라이 라마가 100년을 통치하려고 기회를 장악한 것은 아니다. 그 보다 자신보다 더 특출한 후계자가 나타났다고, 자신이 빨리 인계한다면 국민들이 숭앙할 것이다.

명예와 지위를 고집하면 무엇이 더 필요할까? 현재의 달라이 라마는 초연(超然)한 사람이다.

나보다 다른 사람을

그런데 후배가 느낀 점 즉 선배를 본받으면서 배운 것에 감사하여 보은할 수 있는가? 권력자에게 비열하며 비굴하게 충성을 맹세할 수 있는가? 가장 쉽게 나타난 것은 사랑스러운 개에 관한 이야기다.

개는 사람들이 가까이 두면서 부리는 처지이다. 처음에는 들개 즉 늑대의 성품을 가졌으나, 개량되어 온순한 개로 바뀌었고, 충성을 보여주는 동물이다. 상대방에게 자신의 취약점인 배를 보이고 드러눕는 것이 가장 저자세다.

개는 먹고 사는 것을 노력하지 않고, 주인에게 충성을

한다면 바로 배불리 먹는 수하가 된다. 다시 말해서 먹이를 미끼로 길을 들이는데, 늑대의 습성까지 잊어버리면서 애걸복걸하는 셈이다.

침략자의 권력에 눈치 보면서 사는 사람도 아부꾼 개와 별반 다르지 않다. 그러면 지배자는 피지배자를 길들이고, 서서히 잠식하는 기술을 펴는 것이다. 자신이 피지배자로서 싫지만, 상대방에게 굴종하는 사상을 접하다가 은연 중 포섭되어 세뇌 당하는 것이다.

다른 나라의 훌륭한 개, 아름다운 마음을 가진 개, 정의와 의협심을 가진 개를 자주 소개받을 수 있다. 그런 개가 있는 나라와 그런 개를 우러러 보게 된다.

그런데 우리나라에는 그런 개가 없는가? 아니, 예전부터 지금도 종종 등장하는 개를 찾을 수 있다.

주인과 함께 살던 개가, 주인이 죽었을 때 주인을 기다리다가 굶어 죽는 예가 그런 경우다. 며칠 비쩍 마른 개가 불쌍하여 돕더라도 주인을 기대하며 자리를 뜨지 않는 개, 처음에는 전폐하고 며칠 후에는 얻어먹었다가 다시 주인이 있었던 곳에서 지키는 개, 죽기 전에까지 얻어먹더라도 주인을 기다리겠다는 의지를 가진 개, 주인이 팔았으나 천신만고 끝에 탈출하여 다시 주인이 사는 집으로 터덕터덕 걸어가는 개, 주인이 자다가 불에 타 죽을 처지에 울고불고 난리를 치면서 깨운 개, 자신이 불을 끄다가 개털에 불이 붙어 타 죽은 개 등이 우리나라 개의 충성견이다.

임실군에 오수면이라는 지명이 있다. 오수는 의로운 개 즉 고맙고 훌륭한 개를 기리고 후배 개들도 잘 보살피자는 곳이다. '오수 의견비'가 있고 자그마한 공원까지 만들어 본받는 다는 의도다.

분명, 동반자라는 이름으로 보살피는 개가 많으나 그런 차원은 다르다. 요즘 반려동물의 대표자인 애완견이 대접 받는 세상이다. 업고, 안고, 쓰다듬으며, 먹이고, 닦아주며, 같은 이불을 덮고, 자동차를 태워가면서, 끌고 갈 때는 유모차에 태워주고, 여행 등 여유로운 삶을 제공한다. 개의 몸 컨디션에 따라 오늘의 밥맛 분위기 가려먹는 시절, 사람이 개의 비위를 맞춰주는 시절이다.

그래서 '개 팔자 상팔자'라고 말 할만하다.

내가 애지중지 하는 개가 남에게 피해를 주지 않도록 주의해야 한다는 것은 명심해야 한다.

'동물권'보다 '사람권'이 먼저다. '애견권'보다 '인권'이 먼저 등록된 단어다. 당연히 개 보다 사람이 먼저이기 때문이다. 귀엽고 영특하더라도 반려견은 반려자가 될 수 없는 것이다.

개의 영혼은 어떤 것일까. 주인을 모시는 양심이 있을까? 개이지만 나 혼자라도 호의호식하려고 먹이를 공급하는 사람의 분위기를 조절하는 수재일까?

오수의 의견비에 나오는 시절, 그 당시 등장하는 '개 팔자 상팔자'라는 말은 이와 다르다. 주인은 바쁜 계절에 열심히 일을 하다가, 소나기가 내릴 때 집에 부리나케 달려왔어도 곡식이나 빨래를 적셔버리는 일이 종종 있다. 그런 때는 늘어지게 자다가 나타난 주인을 반가이 맞이하면서 번쩍 일어서는 개를 보고 '개가 상팔자'라고 푸념한 것이다.

개도 감동하고 느끼며 보은을 하는 데, 사람의 도리를 잊고 외면하는 사람들은 옳지 않다. 더구나 배반을 하거나 모함을 하고 기회를 빼앗는 것, 궁지로 몰아넣는 사람의 행동은 확실한 오답이다. 다시 말해 개보다 못한 사람들이라는 말이다. 베푸는 것은 못하더라도 남에게 좋지 않은 행위를 하는 것은 좋지 않은 사례다.

보은 할 수 있는 사람

보은!

'보은(報恩)'은 사람이 대우 받은 것을 고맙게 생각하다가 그에 따른 보답을 하는 것을 말한다. 그래서 내가 사는 지역에서는 보은을 강조하는 차원에서 지은 건물의 이름을 '보은관'이라고 붙인 결과다. 보은관이라면 언제 어디서든 들을 때마다 좋은 명사(名辭)다.

그런데 어느 날은 보은관 다목적 홀에서 모일 일이 있었다. 저녁 7시에 모이는데, 시작 전에 밥을 먹고 갈 수 없을 것이고 또 다음에 끝나서 집에 가서 언제 저녁밥을 먹을지 짐작할 수도 없는 상황이었다.

3층에 위치한 보은관에 올라보니 대뜸 심한 악취가 났다. 역겨워서 주변을 둘러보니 화장실이 내로란 듯 먼저 위치한 것이고, 행사장에 가기 위하여 화장실을 지나가야 하므로 피할 수 없는 구조이며, 냄새의 출처라는 것은 두 말할 필요가 없다.

물론 주관한 진행요원들이 청소를 하지 않은 잘못이 아니라 화장실의 배수 문제로 고약한 악취였다. 낡은 건물의 구조상 발생하는 경우가 많은데 이 건물은 3년도 지나지 않은 최신식 명품이며, 시에서 주최하고 종교관에서 주관으로 건축해낸 건물이었다.

이 정도라면 훌륭한 시설이지 않을까? 오래된 건물에서 나오는 악취는 역겹고 머리가 아프기까지 하다. 그러나 왜 이렇게 새로 지은 건축물에서도 냄새가 나는 것일까.

나는 건설적인 의사를 지적하고 거론하기 위한 행사의 주관자에게 '참가자에게 제공하는 간식을 왜 이런 냄새 속에서 먹어야 하고, 정말 소화가 잘 될까?'라고 물었다. 그러자 담당자는 자신은 아무런 냄새를 모르겠다고 답했다. 그런 도중에 나도 냄새에 취해 버렸다. 후각이 감각을 잊어버린 것인지 코가 상해서 명맥을 잊은 탓인지는 모르겠다.

얼마 전, 후각을 잊은 사람 혹은 후각을 잃어버린 사람은 뇌에 이상이 있다고 하면서, 뇌가 혼돈이 온 나에게 검진을 받으라고 권유한 적이 있었다. 그때 다행히 후각이 살아있어서 안심하기도 하였었다.

그럼 내가 이렇게 번듯한 시설에 와야 후각을 초간단 간이(簡易) 테스트를 받을 수 있고, 인내와 배려를 시험하며, 행사 목적에 맞게 건의할 수 있다고 스스로 위로를 하였다.

명색이 보은관인데 어떻게 보은을 받을 것인가, 아니면 내가 어떻게 보은을 베풀 수 있을까. 행사가 끝나면 보은품으로 내가 남겨 가져갈 수 있는 것이 무엇일까 생각해 보았다.

그러면 후배를 사랑하는 사람과 선배를 존경하는 사람들이 각자 자신의 이익을 나누는 사람은 없는가.

여우의 욕심

여우가 포도원을 지나다가 주인 허락을 받지 않았고 포도를 임의로 따먹어버렸다. 완전히 익은 포도가 아니라서 주인이 때를 기다리다가 아직 따지 않은 포도인데, 여우는 우연히 발견한 포도라서 따먹고 말았다. 여우가 먹은 포도는 시어서 입맛이 만족하지 못하였다.

그러나 여우는 내가 먹지 않으면 언제 누가 딸 것인지 알 수 없으니, 우연히 지나다가 마침 발견한 참에 먹어야겠다고 생각한 것이 주요 이유다.

밑에 달린 포도는 햇볕의 반사를 받아 먼저 익어 가는데, 높은 포도는 아직도 싱싱하다. 여우가 있는 힘을 내어 뛰어봤지만 닿지도 않았다. 기필코 먹겠다는 심산에 여러 번 고생을 하였지만 힘만 빠지고 지친 상태다. 잠시 쉬고 다시 뛰어도 닿지 않았으나 젖 먹던 힘을 내보았지만 너무 높아서 닿을 수 없었다.

여우가 높은 곳의 포도를 포기하면서 돌아섰지만 아직도 먹기에 미련이 남았다. 그러나 자포자기를 하면서 '저 포도는 너무 시어서 아직 먹을 수 없다.'는 듯 눈길을 외면하였다.

다음날도 여우가 그 포도원에 들렀으나 무작정 기다렸

다. 다시 뛰어보았자 닿지 않을 거라고 포기한 상태였기 때문이다. 여우가 어제 뛰어본 자리를 찾아 자리 잡고 누워 기다렸다. 익으면 떨어질 거라는 기대에 부푼 희망이다.

그러나 하루 종일 기다려도 포도가 떨어지지 않자, 먹지 못하고 돌아가야 할 처지였다. 한참 기다리다가 포도원 주인이 포도가 익었는지 확인하기 위하여 나타나는 것을 염려하여 철수하였다.

세계에서 가장 영리하다는 동물은 여우라는 정평이 났다. 그러나 항상 여우는 먹히고 먹는 먹이사슬의 하나에 불과하다. 영리한 여우가 구사일생의 희망으로 살아갈 수도 없는 형편이다.

그런데 여우는 포도원으로 왜 출근을 하였을까?

여우는 높은 곳의 열매를 따먹을 수 없다는 것을 알았고, 나무에 올라갈 수 없다는 것도 알았다. 아직 시어서 먹을 수 없다는 것은 알지만, 조금 더 있다가 익어서 떨어지면 맛있게 먹을 수 있다는 것을 짐작하고 있었다.

사실, 송이가 떨어진다는 것은 거의 절망이다.

태풍이 불지 않는다면 포도가 떨어지는 곳을 정확히 알고, 기다리면서 입만 벌리면 먹을 수 있다는 착각이다. 떨어지는 것을 바라보는 순간에 입을 벌리면 이미 늦은 시간임을 믿는 '절반의 수재' 여우다.

자기가 쳐다보면 새가 날아와서 포도를 먹고 똥을 싸는 일은 없다는 것도 안다. 몇 날 며칠을 기다리다가 수고한 노력에 대한 보상을 받지 못하면 헛일이라는 것을 아는 여우다.

사람이 독경을 외우는 것을 보고 어깨 너머의 동냥으로 왼 여우의 도로아미타불이다. 다시 말하면 여우의 영리함은 사람의 도리를 따라 겨루지 못하는 것이다. 그러나 영악한 여우도 굶어 죽기 일쑤다.

토끼와 거북이의 상생 비결

그러면 순박하고 연약한 토끼는 어떤가.

껑충껑충 뛰는 토끼와 엉금엉금 기어가는 거북이가 달

리기 시합을 하였다. 물론 자신이 있었던 토끼가 심심한 시간을 때우기 위해서 제안한 경기다. 누가 생각해도 거북이가 지겠다는 것을 아는데, 거북이도 재미삼아 흔쾌히 수락하였다.

토끼는 경주용 자동차처럼 폭발적으로 달리기 시작하였다. 한걸음 뛰다가 뒤를 돌아보니 거북이는 아직도 시작을 하지 못하고 있었다. 거북이와 토끼의 사이는 멀지 않지만 거북이를 고려하면 아득한 거리였다. 토끼는 한잠 자고 가도 된다는 생각을 하였다.

거북이는 토끼를 아랑곳없이 나 자신만을 생각하여 부지런히 뛰어갔다. 원래 시합이었지만 거북이에게는 달리기나 걷기나 마찬가지였던 경기다. 토끼가 잠을 자고 쉬는 사이에 거북이가 부지런히 걸어 앞질렀다.

거북이가 토끼 앞을 지날 때에도 토끼는 전혀 눈치 채지 못했다. 정정당당한 경기 규정으로 시합하였으므로, 거북이가 일부러 소리를 내지 않고 조용히 지나친 것도 위반은 아니다. 토끼가 늘어지게 잠을 자다가 깨보니 저만치 거북이가 달려가고 있었다. 토끼는 이 정도 거리라면 금세 따라 잡을 수 있다고 자신하였다. 토끼가 전력 질주하였지만 결국은 거북이가 결승점을 먼저 통과하고 말았다.

그러면 거북이가 달리기 도전을 받은 것은 무슨 배짱이었을까. 한걸음씩 차근차근 걸어가다 보면 토끼를 이길 수 있다는 오판이었을까, 토끼가 중간쯤에 쉬다가 잠을 자고 간다면 내가 이길 수 있다는 판단을 하였을까. 아니면 지는 것은 당연하지만 항상 거북이가 근면 성실이라는 것을 보여주겠다는 계획이었을까.

사람이 거북이에게도 배울 점이 있다는 것은 확실하다. 반대로 토끼는 게으른 동물이라는 별명이 붙었고, 단순한 사람에게 교훈을 가르친다는 의도다.

자녀들아 거북이와 토끼의 달리기 경주를 통하여 무엇을 배웠느냐. 거북이와 토끼를 주의하고 계속하여 관찰하였는가?

다음날, 토끼가 다시 거북이와 달리기 시합을 하자고 제안하였다. 그러자 거북이는 그런 달리기를 할 수 없다고 대답하였다. 일정이 바빠서 너와 같은 토끼들하고 달리기를 하지 않겠다고 거절한 것이다.

거북이가 토끼를 추월한 사실이 신문에 나오니 여러모로 유명인사가 되었다고 으시대는 것이다.

토끼가 거북이와 비교하면 월등히 달릴 수밖에 없는 유명인사이므로, 삼고초려로 제안하였다.

거북이는 토끼가 껑충껑충 뛰어가다가 다리를 다쳐 병원에 간다면, 이번에도 자신이 이길 수 있다는 기대를 가지고 마지못해 승낙하였다.

토끼는 설욕전이므로 초반부터 힘껏 달리기 시작하였다. 거북이는 이제는 아주 어려운 경기니 정신 차려서 부지런히 달려야겠다고 다짐하였다. 토끼는 지난번 시합에

대한 토끼 체면을 세우는 전략으로 단숨에 결승점을 향했다.

돌아보면서 거북이를 살펴보니 아직 달려 나가지도 못하고 앞 팔과 뒷다리를 푸는 준비운동을 하는 중이었다. 토끼가 생각하면 자타가 공인하는 불쌍한 거북이가 안쓰러워졌다.

달리기 시합에 임하는 토끼와 거북이의 다른 생각에 무슨 차이가 있을까. 자신의 계획을 수행하는 작전이 아니라 단순히 엉뚱한 희망이 이루어지기를 바란 것인가?

토끼는 달리기에 관한 한 자기 자만심이 차고 넘쳐, 중간에 자고 쉰다는 것처럼 가장하여 시간을 맞춰서 이길 계획을 세웠을까.

두 번째 경기에서 토끼가 이겼으나 달리기는 원래 토끼가 이기는 것이 판명된 셈이다. 거북이가 이긴 것은 거북이의 능력으로 이긴 것이 아니라, 토끼가 경기 중에 잠을 잔 실수로 거북이가 이긴 것으로 믿는다.

그러나 거북이는 한 번 더 겨뤄보자고 선전포고를 하였다.

어떻게 달릴 것인지 모르지만 과감히 무모한 도전을 한단 말인가. 토끼는 거북이의 달리기 실력을 비교하여 시합을 하는 것이 어불성설이라는 것을 안다. 서로 겨룬다는 것 자체가 창피한 수준임도 안다.

그러나 토끼가 쉽게 도전을 받아들였다. 시작 신호가 울리자마자 토끼는 한걸음으로 달려 나갔다. 거북이는 언제나 처럼 지금도 기어가고 있다. 토끼가 돌아와서 거북이를 보고 놀려댔다.

그러니 언제 달려갈 것이냐고 물으면서 거북이 주변을 빙빙 돌았다. 거북이는 달리기를 한다고 했으니 달려가면 되지 않겠느냐고 핀잔을 주었다.

그러자 토끼는 화가 나서 줄달음을 치고나갔다. 그리고 결승점에 닿는 순간 토끼가 이겼다는 승리를 만끽하면서 거북이를 둘러보았다.

아무리 찾아보아도 보이지 않는 거북이가 모래 속을 파고드는 장기를 발휘하는 것인지, 물속에서는 빠르다고 소문이 났었는데 단단한 육지에서 어디로 숨었는지 토끼가 참으로 이상한 일이라고 생각하는 순간, 그러고 보니 거북이는 이미 결승점을 통과하는 상태였다.

어떻게 이런 일이 되었느냐고 거북이에게 물어보니 비밀이라며 속삭여주었다. 출발할 시점에서 토끼가 거북이 주위를 돌면서 놀려댔을 때, 토끼 등에 올랐다고 하였다.

그래서 결승점을 통과하는 순간 점프하여 1등으로 통과하려고 노력하였으나, 너무 느린 탓에 한참 후에 떨어졌다. 토끼는 때마침 거북이와 부딪쳐 넘어졌다가 일어섰고, 거북이를 찾아보았다. 부딪친 상황을 전혀 기억하지 못하고 혼자 발이 꼬여서 넘어진 것처럼 착각하며, 뒤에서 오는 거북이를 찾아본 것이다.

거북이와 토끼의 달리기 경주가 보기 진지하다. 토끼의 설욕전과 거북이의 재 설욕전이라니 세계 토픽감이 아니 토픽신기록이다.

거북이는 토끼 등에 올라 업고 달리기 시작한 것이니 반칙이라면 반칙이다. 그러나 토끼가 거북이 주변을 빙

빙 돌면서 어정쩡한 사이에 점프하여 올라탔으니 순전히 거북이 힘으로 올라탄 능력이다. 토끼는 결승점까지 전혀 눈치 채지 못하고 왔다고 말했으나, 사실은 토끼가 거북이를 업고 가서 같이 뛰겠다는 목적이 있었다.

그러나 거북이에게 업히라고 말한다면 자존심이 망가질 것이고, 반칙이라고 신고하면 경기는 무효임이 명확하므로 아무도 말을 할 수가 없었다. 의미 있는 동화로써 작가가 전해주고 싶은 말은 무엇일까.

용궁을 방문한 토끼

오랜 세월이 흐른 뒷이야기를 들어보았다.

예전이나 지금이나 거북이와 토끼가 가는 길은 다르다.

둘은 서로 다른 동물에게 비유를 들고 교훈을 남겨주려는 먼 길을 선택한 것이다. 장수의 표본이며 바다의 영물인 거북이가 늙어서 바다로 돌아갔다.

젊었을 때에 산전수전을 겪었고, 늙은 후에 비로소 바

다의 용왕에게 인정을 받은 거북이다. 용궁에 가보니 용왕이 심한 병에 걸렸다고 하며, 명약 즉 특효약은 토끼의 간이라는 단 하나 뿐인 처방이다.

중국의 진시황이 불로초를 구하라고 명령을 내리고, 우리나라에까지 사신을 파견하였다. 그러나 불로초는 어떤 풀인지 명확한 지침도 알지 못하고 헛수고였다.

용궁의 처방에 나온 특효약은 토끼의 간이라는데, 물속에서 보지 못한 동물의 이름과 형태를 들고 용궁의 어의도 속수무책이었다. 어디 가서 구할 것인지 어떻게 꼬여 잡아 대령시킬 것인지 묘안이 없다.

거북이와 토끼가 달리기 시합을 할 때 토끼가 거북이 앞에서 납죽거리며 빙빙 돌던 것을 떠올렸다. 그때 거북이가 냉큼 올라 업혔고, 자신의 무게를 비교하면 토끼는 분명히 알고 있었을 것이라고 생각해냈다. 거북이를 업고 단걸음에 뛰다가 결승점에서 다리의 힘이 풀려 넘어진 것도 짐작할 만하며, 토끼가 모른다고 딴 투정을 벌인 것이 미안한 지난 이야기다.

거북이가 토끼를 찾아 아직 죽지 않고 살았다니 반갑다며 이런저런 이야기하였다.

토끼는 거북이 등에 올라 생전 처음으로 바다 속을 구경하게 되었다. 황홀한 용궁에서 용왕의 병을 나으려면 토끼 생간이 특효라는 말을 들었다.

토끼 간이 아니라 그것도 생간이라니! 기상천외의 청천벽력이었다.

토끼는 용왕을 구하기 위하여 토끼의 생간이 특효약이

라니 그것도 영광이라고 부추기며, 마침 효험을 높이기 위하여 간을 꺼내어 햇볕에 말린 것을 빨리 찾아와야 한다고 해명하였다.

다시 거북이는 토끼를 업고 육지로 나왔다. 토끼는 덕분에 바다 구경을 잘 했다면서, 용왕을 구하려고 말린 간을 찾아야 하니 조금 기다리라고 말했다.

그러자 거북이는 즉시 보고하려고 바다 용궁으로 유유하게 돌아갔다. 고전에서의 거북이는 토끼를 기다렸다가 다시 태우고 가야겠다는 심산이었었다.

이번에는 내가 토끼를 만나서 물어보았다.

거북이는 토끼에게 죽은 간이 아니라 생간이 명약이라며 자초지종을 설명하였고, 토끼가 명쾌히 승낙하였다고 한다. 간을 꺼내면 죽는다는 것은 누구든지 아는 산전수전을 겪은 노인인데, 어찌하여 이런 일이 벌어졌을까?

밀고 당기는 거래가 있었을까? 권모술수를 써서 속였을까? 산전수전을 겪은 사람은 권모술수에 속지 않는 것이 타당한 것이니, 토끼도 마찬가지 아니겠는가.

용왕을 살리는 명약, 내가 산다면 남을 죽이겠다는 어긋난 도리다.

토끼의 우정을 버리고 죽이겠다는 것이 아니며, 토끼 생간을 구하라는 명령을 지키지 않으면 죽는 다는 것을 모면할 일거양득의 방법이었다.

거북이가 토끼에게 말하기를, 햇볕에 말린 간을 찾아오지 말라고 부탁한 다음 즉시 돌아가 용왕에게 고했다. 만약 내가 생간을 말린 토끼를 찾았을 때에 다시 업고 온다면, 토끼가 말린 간을 찾다가 많은 세월이 걸릴 것이고, 기다리다가 지쳐서 늙어 피로하여 죽을 지도 모른다고 말하였다. 이제 다른 젊은 물고기를 보내, 가서 데려오는 것이 좋겠다고 말한 것이다. 진(秦)나라의 시황(始皇)을 보고 터득한 진리는 불로장생이 아니라 불로초도 없다는 것이다.

토끼와 거북이 둘이 면피하며 살 수 있는 명약은 배신과 모략이 아니라 배려에 대한 보은뿐이다.

육지에서 사는 토끼는 먼 바다를 향해 여행을 하였을까. 죽을지도 모른다는 위험을 감수하며 먼 곳으로 돌아가는 지혜를 어떻게 해석하는 것일까.

진실은 누가 거짓말을 한 것이며, 누가 속은 것인가. 가까워도 돌아가는 길은 동물뿐 아니라 사람에게서도 가까워도 돌아가는 예를 알 수 있다.

조선시대 돌아가던 길

조선시대의 윤회 정승이 사람이 걷는 정도를 보여준 이야기다. 윤회가 허름한 의복을 차리고 민정(民情)을 조사하는 참이었다. 노숙하거나 주막에서 머무는 것이 가장 빠르고 정확한 민심을 살피는 첩경이다.

윤회가 머물렀던 농가에서 신세를 진 후 고맙다고 말하며 길을 나섰다. 그러자 집 주인은 윤회에게 도둑이라고 몰아부치며 길길이 뛰었다. 결백하다고 주장 하였으나 훔친 물건을 빨리 내놓으라고 윽박지르면서, 순순히 자백하고 되돌려준다면 용서하겠다는 말을 하였다.

윤회는 결백을 보여주겠다면서 하루 동안의 여유를 주면 해결하겠다고 하였다. 집 주인은, 당장 내놓으면 될 것이지만 어찌하여 하룻밤의 여유를 달라는 요청인지 의문하였다. 윤회는 하루를 지나면 심심할 것이니 댁의 거위를 멀리 가지 못하도록 옆에 묶어주기를 간청하였다.

윤회는 거위와 놀면서 지루한 밤을 보냈다. 다음날 아침 거위가 똥을 싸자 윤회가 똥을 헤집어보았다. 어제 주인이 잃어버린 구슬을 드디어 발견할 수 있어서 안심하였다.

농가 주인은 어제 잃었던 보물을 어떻게 찾았느냐고 물었다. 윤회가 어제 잃어버린 구슬이 얼마나 귀한 것인지 모르겠지만 거위가 주어먹는 것을 알았는데, 오늘 아침까지 기다려달라는 부탁을 한 것이라고 말했다. 거위가 먹는 것을 보았다고 하니, 도둑 누명을 받으면 즉시 말해야 하는데 어찌 답답하여 밝히지 않았느냐고 다시 물었다.

거위도 새이고 닭도 새이니 하루에 열 번이나 스무 번이나 똥을 싸는 새가 확실하다.

새는 된 똥과 묽은 똥을 섞어 수시로 짜낸다. 정확하게는 소변과 대변을 구분하여 싸대는 생리가 없다. 먼 길을 날아가는 처지에 대변과 소변을 구분하여 따로따로 보관하면 많은 에너지를 잃는 것이 명확하다.

따라서 섞어서 배설하며 장소와 시간도 지키지 않는 편리성 생리를 가지고 있다. 그러니 새는 비교적 짧은 정도의 기준을 가지고 있다.

만약, 거위가 구슬을 먹는 것을 보았다고 말하면, 주인도 급한 마음에 위 속을 확인해보고 싶었을 것이다. 그런데 윤회가 억울하다면 거짓말이라고 누명을 뒤집어 씌우면서 당장 증명해보라고 말할 것이다.

그러면 즉시 죽어야 하는 것이 있고, 하룻밤을 기다린다면 생명이 죽지 않고 구슬도 찾을 수 있다는 생각이다.

먼 길을 돌아가서 확인하고 증명하는 것이다.

정승이 생각한 것은 거위다. 사람의 먹거리 즉 사람이 먹고 사는 동물이라도 합당한 목적으로는 죽이겠지만, 불필요한 수단으로 죽이는 것은 불교의 '살생금지'를 범하는 것이다.

조선은 국교를 유교로 정했는데, 고려에서 불교를 숭상하였다는 것을 기억한 윤회 정승은 국명(國命)의 배반자인가? 아니면 불교 사상을 초월하여 거위를 반려동물로 인정한 것일까?

최영 장군이 말하기를 '황금을 돌 같이 보라.'고 하였다. 그 후에 윤회 정승이 직접 만나서 들은 것은 아니지만, 역시 황금을 목숨보다 더 중하지 않다고 믿은 것이 확실하다. 사람을 먹여 살릴 가축의 처지로써도 황금보다 더 중요하다는 것이 아니겠는가.

그러니 사람을 위해서라도 정의와 선의를 위해 먼 길을 가야 하는 경우가 바람직한 것이다. 이것이 사람들의 권리투쟁을 위한 수단이나 자신의 헛된 과욕을 위한 그릇된 목적으로 인하여 상대방을 해하는 것을 금하고, 서로 위하며 상생의 방법을 찾는 것이 바로 사람의 도리다.

사람을 위한 사람의 행위가 가까워도 돌아가는 것은 없는가.

먼 순례길

아주 오래 전에 유럽의 특정 국가를 다녀왔었다. 목적지는 네덜란드였는데, 독일을 거쳐 방문하였으나 국가를 거쳐 가는 곳에서 필수인 검문과 규제가 없었다. 이른바 자유통행에 대한 동경이었다.

유럽은 옛 고대부터 전쟁의 시작부터 끝까지 치열하게 다투고, 최근 근대 독일의 나치까지 전쟁이 일상이었다.

그러나 지금은 이탈과 반목을 넘어 용서와 평화를 내세운 긴 길을 사랑하는 사람들이 붐비는 곳이 있다. 대표적인 종교 순례를 체험하며 순교자들의 마음을 되새기는 길, 평생 죽어도 한 번쯤은 가보고 싶다는 길을 만들었다.

프랑스의 생장 피에르포트에서 스페인의 까미노 데 산

티아고까지 이어지는 789km가 내륙을 통하는 대표적인 고난의 여로다. 또 다른 길은 북부로 이어지며 일부는 해안을 겸하는 곳이 있다. 두 순례길은 순례자의 형편과 길의 사정에 따라 시작점과 중간의 이탈 및 추가를 포함하면 900km길에 이르기도 하여, 각자 택하는 코스로 나눌 수 있다.

가다 지치면 포기하려고 하는 때 조금만 가면 된다는 거짓말에 속는 것을 반복하다가, 또 다시 힘을 내서 가보는 길이다. 갈증에 목마른 사람에게 물이 담긴 컵에 벌써 반절밖에 안 남았다는 것보다, 아직도 반이나 남았다는 긍정의 격려가 필요한 선택적 길이다.

반대로 길이 험하고 외로우며 외진 산길이라면서 편히 쉴 수 있는 곳을 찾아보라는 자동 멘트를 틀어주기도 한다. 자신의 호텔에 묵을 수밖에 없도록 유도하는 구조를 만들어 놓은 숙박업자가 있으니 정해진 수순대로 벌어지는 일이다.

순례자의 모습이 화려하며, 쉬지 않고 잡담하다가, 당

당하게 히치하이크를 요구하더라도, 지역 주민은 순례자가 애처로워 즉시 허락하는 것이 평화이며 예사롭다. 갈림길이 닿더라도 지역을 잘 아는 주민이 자청하여 멀리까지 안내하는 것이 의무다.

그러나 돌아보면 순례길을 잘못 들어섰다는 것을 깨닫고 원점으로 돌아가는 것이 다반사다. 거룩한 순례자의 옷이 아니 마음의 자세를 다르게 행동했던 사람에게는 순례길을 가꾸며 순례자를 배려하는 종교인의 훈계다. 어찌되든 자신의 의지대로 선택한 것이 자유이니 아무렇거나 대놓고 간섭하고 비평을 할 수 없다는 것이 원칙이다.

이방인 게다가 남루한 복장을 보니 자신의 재물을 탐하는 것이 분명하다고 완강히 거부하여 짖어대는 개로써는 당연한 길이다. 사람과 개의 차이점은 어떻게 다른가.

우리나라에서 가장 대표적인 행사는 대략 1시간 이면 충분한 본인의 결혼식일 것이다. 그런데 결혼식을 생략하고 비용을 모아서 국제 여행 그것도 도보여행을 한 사람도 있다. 2016년 3월 17일부터 4월 27일까지 중간 기착점을 거쳐 길고도 긴 여정을 마친 기록이다.

결혼을 앞두고 직장을 접고, 여행을 한 이유는 무엇일까? 그나저나 즐기는 신혼여행을 좀 더 멀리 그리고 더 편하게 다녀온 것은 아닌가? 산티아고의 순례길은 육체적 고난과 종교적 영성 체험뿐이다. 아직 젊은 부부가 창창한 전도를 살펴볼 때 돈과 명예, 권위와 탐닉을 초월하였는가?

젊은 정현우와 이혜민은 멀고 먼 길을 자청하여 고생한 이유는 무엇인가?

위에 나온 산티아고 순례길의 고난길은 탐사와 관광을 포함하는 여행과 다르다. 누구든지 본인이 원하고 자청한 일이라서 과정과 결과를 포함한 보고서 역시 모두 자신의 몫이다. 거기에 대한 비평은 정답이 아니다.

사람이 사는 동안 사람답게 사는 사람이라면, 내 마음답지 않지만 그것은 모두 자신의 뜻이며 진정한 보람일 것이다.

후회하지 않는 방법, 죽을 때 정말 멋있는 인생이었다는 평을 받을 방법, 천국에서 만나는 방법이 바로 즐겁고 행복한 길로 인도하는 길이 바로 순례길일 것이다.

3부.

인동초

인동초를 닮은 사람

후광 김대중은 우리나라의 대통령 중의 한 명이다. 그는 1924년 전남 신안 출신으로, 4차례 도전 끝에 1997년 제15대 대통령에 당선된 사람이다.

『행동하는 양심으로』, 『대중경제론』, 『평화를 위하여』, 『민족의 내일을 생각하며』, 『공화국연합제』, 『한국민주주의의 드라마와 소망』, 『새로운 시작을 위하여』, 『나의 길 나의 사상』, 『김대중대전집(15권)』, 『21세기 시민경제 이야기』 등 많은 저서가 있다.

현재 어른들은 김대중을 잘 알고 있다. 섬마을에서 태어나 어려운 환경에서 자랐으며, 각자 터득한 인생사로 상업고등학교를 마쳤다. 하긴 당시 고등학교를 졸업하였으면 그나마 성공한 사람이다.

내 아버지는 정규 학교 졸업장이 없다. 한글과 한자를 어깨 너머로 깨치고, 유머와 속담, 격언 등 두루 거쳐 아시던 분이다. 그러니 아버지는 어렵게 독학으로 살아간 사람이지만, 김대중의 포부는 끝이 없는 국민적 취지를 신봉하였다.

김대중의 별명은 인동초다. 인동초는 추운 겨울에 견디다가 새 생명을 키우는 풀이라는 뜻이다. 해석해보면 겨울에 얼어 죽지 않고 견뎌내다가 봄에 자라고, 한여름에 흰색 꽃이 피다가 완전히 피면 노란색으로 변하고, 가을에 열매를 맺는다.

한방에서 이뇨제, 해열제, 소염제, 관절통, 감기, 구토증에 활용하는 약재 중의 하나이다. 이름을 묻지 말고, 말만 들어도 아름다운 풀이다. 약효와 관상용 모두 훌륭하다.

이러니 김대중이 좋아하는 풀인데, 위의 이러저러한 내용을 따라 하는 것뿐만은 아니다. 1961년 군부의 강제 찬

탈을 군사혁명작전이라고 명명한 후, 줄곧 18년 간이나 독재를 알롱달롱 색종이로 고이 포장하여 통치한 사람이 박정희다.

이후 김대중을 대통령 선거에서 위협하는 강력한 대항마로 인정하여, 민주화와 대북 정치를 문제 삼아 1973년 납치와 테러를 가했다.

이어서 전두환을 상대한 사람이다. 1980년 광주민주화사건을 통하여 김대중 내란음모라는 죄목으로 몰아 붙였다. 그러나 김대중은 그 고통을 이기고 국외 언론에 알려지는 인물로 유명한 사람이 되었다. 이정도 하면 인동초가 아니겠는가!

삭풍의 진수

밀과 보리가 겨울 한풍을 견뎌내고 여름에 결실하는 정통 곡식이다. 그러나 가을에 파종하는 가을보리는 겨울 삭풍을 맞고 살아야 결실하는 것 뿐이며, 봄에 파종하여 겨울을 맛보지 못하면 결실하지 못하는 쭉정이다.

그러나 봄에 파종하는 것이 정통파도 있다. 반대로 봄 보리를 가을에 파종하면 한파를 견디지 못하고 반드시 죽고 말지만, 봄에 파종하면 여름에 수확하기 전까지 짧은 기간 동안에 재배해야 하는 속성용 곡식이다.

김대중은 가을보리에 속하고 나의 아버지는 봄보리에 속한다고 말할 수 있다. 가을보리가 숱한 역경이 있지만, 거기에 원하지 않은 시련과 억지 씌운 굴레 어거지를 맞서 버틴 생명이다. 한편, 봄보리는 혹독한 시련을 피했지만 짧은 기간 동안에 여러 가지 수수께기를 스피드로 풀어야 하는, 속성코스 훈련을 이겨낸 걸작이다.

감탄의 계속이다.

인동초는 6년의 투옥을 비롯하여 10년간의 망명생활, 사형선고와 집행 대기 중에 사형선고 취소 및 복권이라는 세월을 보낸 사람이다.

인동초라고 하면 겨울을 견뎌낸 성품이 아름다운 풀이

지만, 그보다도 먼저 떠오르는 것은 후광의 인품이다.

원래 풀인데 어찌하여 사람을 풀과 비유한다는 말인가.
김대중은 뒤에 즉 훗날 넓게 펼치라는 뜻으로 후광이라는 호를 지닌 사람이다. 그러니 나 하나를 위한 것이 아니라 대중 즉 국민과 민중을 위하여 가까워도 멀리 돌아가야 할 시점, 돌아가야 할 사람이라는 뜻일 게다.

김대중에게서 배울 것은 무엇인가. 비록 나에게 과오가 있다 하더라도 타인이 한마디로 언급하면 김대중은 많은 사람들을 위하여 살았던 사람이라는 말이다. 아름다운 사람이다.

인동초의 기상

그런데, 당신은 인동초를 본 적이 있는가?
나는 인동초를 본 적이 없다. 그러나 인동초의 가상을 높이 사서 기억한다면 마음에 항상 새기며 불러볼 만한 이름이다.

그런 인동초를 쉽게 떠올릴 방법은 없는가?

추운 한대지역에서 사는 덩치 큰 곰은 겨울잠을 잔다. 먹이가 움직이지 않자 먹는 것이 원활하지 못하며, 추워 움츠러드는 동물이라 겨울잠의 대표다. 좀 춥더라도 외부에서 침입하는 추위를 막아주는 조밀한 털을 가진 동물이다.

또한 온대에서도 겨울에 겨울잠을 자는 뱀은 어떤가. 사람처럼 항상 체온을 가진 정온성 동물이 아니라 기후 변화에 맞춰 체온이 변하는 변온동물이다. 게다가 털이 없어 밋밋한 피부를 가진 뱀은 동사 위험을 면하기 위하여 서로 엉켜 모인다. 조금이라도 체온을 유지하면 좋겠다는 아니 버티면 살 수 있겠다는 뱀이다.

그러나 이렇게 거센 동물보다 연약한 개구리와 벌레 번데기를 포함하여 한마디로 동면동물을 비교하는 것이 답은 아니다.

이름이 인동초라는 중에서 '동명이초'를 아는가?

나는 인동초가 가진 특성을 원칙으로 규정짓고, 우리 주변에서 흔히 볼 수 있고, 쉽게 배우면 좋겠다고 말한다. 대표 인동초처럼 여러 성능이 있고 쉽게 구할 수 없는 귀한 식물이기 때문에, 유일한 인동초(忍冬草)라 부르는 값이 타당한 것이다.

내가 찾은 인동초

처음 발견한 사람이 일명일초(一名一草)라 하여 인동초로 지어놓고, 찾아보면 단 한 가지 풀을 인용하는 것이다. 그러나 절대 유일(唯一)의 인동초가 아니라 유사 인동초를 보면 우리 생활에 지천(至賤)이며, 특유 성분이 있어 활용성에서도 반드시 필요한 식물이 있다.

우리나라 24절기에 따라 처음 입춘(立春)부터 마지막 대한(大寒)까지 계절을 찾아 살아가는 식물이 있으니 기온과 습도, 풍량에 맞춰 살아갈 것이다. 그러나 인위적인 강제로 거주지 즉 식물에 자생하는 곳을 옮겨 집단 재배 즉 농장에서 재배는 것은 자연을 거스르는 것이다. 그래서 자연의 섭리에 따라 자생하는 것이 인동초의 배경이다.

우리가 살아가는 것 중에서 모든 것을 알 수도 없다. 그러나 알아야 하는 부분을 알아보는 것이 필요하며, 반드시 기억하였다가 생활에 활용하는 것이 삶이라고 말할 수 있다. 졸자가 필요한 자료를 찾다가 관련 책을 보았지만, 희미해지는 기억 속에 잊혀지고 말 것이라는 안타까운 생각이 들었다. 자칭 타칭 전문가라는 명사들의 책을 50 권 가량 보아도 마음에 차지 않았다던 해석이다.

그러면 타 서적 50여 권을 포함한 역서(力書) 게다가 감히 전문가 다수가 집필한 것을 능가하다고 넘보는 것이 타당한 것인가?

필부(匹夫)의 자식인 필부가 다년간 심혈을 기울인 저서 『선조들의 삶 세시풍속이야기』와 함께 『24절기이야기』를 보면 자세히 알 수 있다. 각 내용별로 상세한 설명을 적고 이해를 도울 수 있도록 해당 사진을 첨부하였다.

세시풍속과 24절기를 직접 확인하려고 노력하였지만, 각 지역별 특징과 혼자서 직접 답사한다는 것은 전국 순회를 적어도 10여 회 이상 방문하는 것이 필수라는 것은 불가능이었다. 각 지역을 동시에 전국 순회를 한다는 것은 1인 5인 이상 필요하기에 혼자서는 불가능하며, 비용과 전문가들의 의도를 담아낸다는 것도 어렵기 짝이 없는 일이다. 그래서 공인 전문가도 해내지 못한 일이었다.

유사인동초

본인은 우리나라 여러 책에서도 칼라 사진을 첨부한 예가 없어서 내가 펴낸 책이 유일무이라는 자부심, 오래에 걸쳐 지난 옛 사진을 찾아 받은 것, 전국 전문가들을 섭외하여 동의를 받은 것도 흔적으로 남긴 증거, 간단한 소개로 그치는 것이 아니라 등장 배경과 선조들이 살아오신 발자취와 현세 후손들이 느끼는 감각을 기술하여낸 것도 유일무이한 책이다.

방대하고도 오랜 시간 동안에 거쳐 조사를 해야 하는 책은 대학교나 전문 기관에서는 인력과 비용 등을 지원하여 꾸려나가겠지만, 나 혼자서는 불가능을 해결한 듯한 불가사의다. 우선 조사 인력의 도움이 없었고, 전문분야의 처지를 헤아려 섭외하는 것, 생계비를 조달하는 것도 부족하면서 다년간 심취한 동안 버텨냈다는 것, 비전문가인 일반인이 해냈다는 것은 대단한 것이다.

그러나 단 한 가지, 저자를 알아달라는 것이 아니라 누가 보아도 필요할 때 참고할 수 있다는 책, 우리나라 선조들의 자취를 잊지 않고 타산지석(他山之石)으로 삼을 만한 책이라는 것은 확실하다.

소동초

필부가 한 일은 가까운 길을 쉽게 선택하지 않고 먼 길을 향해 걷는 일이었다. 큰 인동초가 아니라 작은 인동초 즉 보잘 것 없지만 어려움을 견뎌냈다는 것은 소동초가 아닐까.

인동초를 만나보기 어렵다면 소동초를 찾아보더라도 만족할 수 있다. 추운 날씨를 견뎌낸 풀 한 포기, 이제 봄이 왔으니 얼굴 좀 보여 달라고 하기 전에 벌써 불청객 입장으로 다가왔다. 조금 더 푸근한 방안에 앉아서 따뜻한 차 한 잔 마시고 싶은 계절이다.

그러나 뉘가 소리쳐서 불렀을까? 여린 새싹이 어떻게 언 땅을 뚫고 나왔을까? 온실에서 키운 작물을 전국 개봉

동시 상영처럼 동시다발로 뿌려댄 봄꽃의 전령인가?

봄나물은 움츠렸던 몸을 일깨우는 청량제다. 나른한 몸이 내 생각대로 움직이지 못하도록 게으름을 안고 쉬는 것을 방해하는 각성제다. 혹독한 환경을 견디기 위하여 자신이 스스로 만들어 낸 특성을 냄새와 맛으로 표현하고 있다. 나와 소동초 사이에 맺혀진 약속이 바로 입맛이며, 언제 어디서나 만나고 싶은 약속은 바로 신고(辛苦)의 포장이다.

거듭나는 기상

봄의 신초(新草)는 쑥이다. 불에 탔던 화전(火田)에 가장 먼저 올라오는 것은 바로 쑥이다. 질긴 생명력이 돋보인다. 쑥국을 세 번만 끓여먹으면 소 한 마리를 먹는 것보다 더 좋다는 말도 있다. 그렇다면 쑥은 소동초를 초월하여 대동초 혹은 인동초라고 해도 충분할 만하다.

가을에 파종하여 겨울 맛을 본 다음 봄에 싱싱한 양념이 되는데, 마늘도 마찬가지다. 사람에게 도움을 베풀려고 견뎌 낸 풀이지만, 쓴맛이 되니 몸에 이로운 약념이고 영양에 도움도 되는 양념이 된다는 말이다.

냉이와 달래, 씀바귀, 갓도 마찬가지다. 귀하지만 천한 곰보배추와 민들레, 봄동, 돌나물, 돌미나리…

사가(寺家)에서는 채소 중에 오신채를 금하는데, 부추, 파, 마늘, 달래, 흥거를 지칭한다. 흥거는 불교의 본 발상국가와 인접 거대한 토양인 중국에서 자생한다. 우리나라에서는 흥거 대신에 무릇을 포함하고 있다. 무릇은 식용이 주 목적이 아니라 약용이 주(主)다.

그러나 이런 채소는 우리 일반 가정에서도 오신채(五辛菜)라고 부르는데, 사람의 일용할 풀로서 건강에 도움이 된다는 풀이다. 굳이 무릇을 따지지 않더라도 나머지 4가지 채소는 익히 아는 바이다.

부추는 일명 정구지, 소풀, 솔이라고도 부른다. 소풀은 솔나무의 잎 모양처럼 가늘고 긴 바늘과 같아서 소풀 혹은 솔이라고 부른다. 또한 비척비척하다가 부추를 먹고 나서 소처럼 힘 좋고 굳센 강건함의 대명사라 불린다. 정

구지는 부부의 정을 오랫동안 유지할 수 있다는 의미에서 정구지(精久持)다. 오신채 중에서도 우뜸 강장식품이라고 본다.

불가에서는 왜 이렇게 좋은 오신채를 금하는 것일까?

출가하지 않은 일반인들이 보기에는 좋고 반드시 필요한 약념이 분명한데, 불가에서는 오신채를 통하여 정진하지 못하는 잡념이 일어나는 것이라고 믿고 있기 때문에 반대하는 것이다.

사람의 정신통일을 방해하는 번뇌와 육체적 생리 현상으로 인하여 속세로 돌아가는 것을 우려하는 것이다. 이런 뜻이 확실하다면 오신채 즉 큰 인동초가 몸에 좋은 것도 확실하다. 비록 소동초에 지나지 않지만 구구하게 따지지 않아도 몸에 좋다는 것이 자명하다.

세상의 잡초같은 풀

넬슨 만델라도 진정 인동초가 맞을 성싶다.

1918년 출생하여 2013년 서거하니 95세의 일생이 되었다. 남아프리카공화국의 국부격에 해당하며, 국내 대학에서 법학을 공부한 사람으로 흑인 인권운동과 국제인종차별철폐를 노력한 사람이다.

2006년 국제 앰네스티 양심대사상을 받았고 1998년 비동맹운동의 사무총장을 지내기도 하였다. 약자에 대한 배려와, 사람의 차별이 아니라 평등과 찾아가는, 소외당한 자를 위해 헌신하였다.

1952년, 1956년, 1962년에 투옥 당하여 종신형에 처해졌다가 1990년 석방하기까지 27년을 복역하였다. 1979년 옥중에서 자와할랄네루상을 수상하였고, 1981년 브루노 크라이스키 인권상, 1983년 유네스코 소속의 시몬 볼리바 국제상을 수상, 1989년 제1회 카다피 인권상, 석방 후에는 1993년 노벨평화상을 받았고, 1994년 남아프리카공화국의 흑인 최초 대통령이 되었다. 2002년 프랭클린 D.루스벨트상도 받았다.

자신의 사상을 보급하기 위하여 1961년 『투쟁은 나의 인생』, 1995년 『자유를 향한 머나먼 여정』을 저술하였다.

넬슨 만델라의 본명은 넬슨 롤리라라 만델라인데, 국내를 벗어나 국제적인 인사가 되었다. 우리에게도 양심에 따라 행동하는 사람으로 알려지기도 하였다. 양심은 누가 언제 생각하더라도 바르고 모범이라는 결론에 이르는 사람이라고 전해진 것이다.

우리의 김대중과도 얼추 비슷한 사상이다.

그러나 만델라는 과연 인동초다운 사람인가? 따져보면 보는 사람 혹은 결심을 주문하는 기관에서 각기 다른 기준으로 판단할 수 있다는 것은 인정한다. 그럼에도 불구하고 만델라가 소외자와 약자를 위해 노력한 것은 확실하다.

본인 혼자의 요구대로 행동했었다면 최소한 자신의 권리와 부, 그리고 자유를 누릴 수 있었음에도 포기한 점을 인정해줄 수 있다. 그래서 인동초 다운 사람이며 적어도 소동초는 된다는 사람이라고 보는 것이다.

오신채 즉 인동초가 사람의 몸을 위하여 존재하는 것

이라면, 스스로 찾아 활용하면 충분하다. 풀 외에 나무나 동물이 사람을 위하여 희생하는 경우가 있다는 말이다.

동충하초는 여름에 풀 형상을 띠고 있지만 추운 겨울에는 누에와 같은 벌레 모양으로 나타나는 예이다. 굳이 사람을 위한 목적이 아니라고 주장하지만 사람의 입장에서는 동충하초 역시 필요하며, 충분한 필요충분조건이라는 말이다.

사람을 기억하는 풀

겨우사리 혹은 겨울나이라고 부르는데, 나무 위에 얹혀 있는 나무로써 스스로 광합성 활동을 하지 못하거나 겨우 명목을 유지할 수 있는 정도로 광합성이 부족하여 반기생식물이기도 하다. 얼핏 보면 탱자나무의 여린 순이 모여 있는 것처럼 보인다.

가시 덩어리를 활용하여 나에게 덤벼들지 못하도록 자신을 보호하는 나무가 탱자나무다. 이렇게 기생하는 처지에 자신을 유지하려면 가시처럼 보호방패가 필요한 원칙이다. 나무의 효능은 이뇨작용, 당뇨 개선, 지혈작용, 혈관질환 개선, 관절염 및 신경통 개선, 항암효과가 있는 식물이니 사람에게 도움이 되는 식물이다.

기생하여 살다가 죽으면 사람의 섭생에 필요한 가치를 가진다는 의미의 효용이다. 그러면 기생한 것이 하찮은 삶이지만, 그래도 살아갈 만한 역할을 해야 한다는 값을 지불한 셈이다.

한 겨울에 왕성한 성장 활동을 하다가 여름이 되면 생리와 성장이 멈춘다. 그러니 겨울을 환영하며 이겨낸다는 이론이다. 따라서 나무를 인동초라고 부르면 풀인 인동초가 생각하기에는 서운하다고 토로하는 것이 아닌가. 역할은 같다하더라도 격이 다르다는 주장은 인정할 만하다.

인동초의 삶이 어렵고 힘들다면, 남들이 그렇게 만만하게 덤비며 먹고 먹히는 먹이사슬에 얽매이지 않고 싶다는 주장이다. 지천에 널리 있어도 멸종당하지 않고 다음에 반드시 생환할 것이라는 포부다.

파헤치고 뽑아내도, 거친 풀밭 진자리 된자리에 뒹굴더라도 여전히 꿋꿋하게 살아갈 것이라는 메시지를 전한다. 자신이 꺾이고 베어도 자생의 표본을 업고 다시 돌아온다.

인동초는 자기 자신의 한 생명을 유지하기 위한 수단을 원하지만, 결론적으로 사람의 생명을 위하여 희생하는 것이다. 인동초를 먹은 사람은 어떻게 인동초 인생을 살아갈 것인가.

4부.

나는 어떻게 살아갈까

나는 어떻게 살아갈까

일반적으로 '나는 어떻게 살아갈까?' 생각한다면 지금까지 살아온 것이 시원찮고 안타까운 삶이었다는 말이다. 그래서 이런 삶을 탈피하여야 한다는 결론에 달한다. 반대로 나는 자수성가로 이룬 성공이었다거나, 부와 명예가 충분하다는 사람들도 있다. 또한 나를 비하된 평가로 여긴다고 하지만 나는 잘 살아왔다는 사람들의 말도 반드시 맞는 말은 아니다.

사람을 평가하는 기준

흔히 말하기를 나는 막막하다, 예전부터 익숙해온 삶의 인식이 이제 달라졌으니 앞으로는 어떻게 살아가느냐, 허무하고, 희망과 기대가 없으니 도저히 앞이 보이지 않는다고 하는 말이기도 하다. 드러난 탈출구가 없고, 막힌 도로를 달리기도 불가하며, 없는 길을 뚫고 만들 기회조차 어려우니 미래에 대한 포기성 푸념이라고나 할까.

나는 어떻게 살아갈까 후회한다거나 미련이 있다면 그것은 돌파구를 찾는데 주력하는 것이지만, 한마디 돌아보면 앞으로 어떻게 살아갈까하는 희망과 기대에 대한 그리움이다.

다시 말하면 어떤 계획을 세우고 목표를 달성하겠는가를 점검하는 과정이라고 할 수 있다. 한술 더 떠서, 그러면 너는 어떤 계획을 가지고 있는가, 실현 가능성이 있는 타협인가 아니면 허황하더라도 미래에 대한 장구(長久)한 계획인가.

훗날 꿈을 위하여 당장 앞날의 계획은 수정할 수도 있고, 수정(修正)과 재정(再訂)을 통하여 복잡한 과정을 거치는 계획도 있을 수 있다.

젊어서 고생은 사서도 한다, 천리 길도 한 걸음부터, 서당 개 삼년이면 풍월을 읊는다는 말도 있다. 어떤 미래도 불투명하며, 한두 번의 시행착오와 여러 번의 도전이 어렵다는 말이다.

완벽한 기준

따라서 계획적인 절차에 따라 실행하면 성공한다는 말이다.

사실 정답이지만 사람이 살아가는 동안 정답만을 쓰고 실천한다는 법은 없다. 오로지 신의 영역에서만이 가능한 정답일 것이다.

기독교에서 나오는 말에 따르면, 믿고 의지하며 간구하고 기도하라는 말이다. 믿고 기도한다는 것은 사람의 의지가 아니라, 사람이 믿는 것은 신의 영역에서 사람에게 믿음을 부여하는 경우만이 가능한 것이다.

쉽게 말하면 신(神)이신 하나님이 허락하신 경우에만

가능하다는 말이다.

이런 설명은 증언이며 간증이라고 하는데, 전에 청와대의 근무자 중에서 주대준이라는 사람도 있다. 그는 저서 『바라봄의 법칙』과 『바라봄의 기적』을 통하여 증언하고 믿음으로 살아왔다는 말을 하고 있다.

KAIST 박사가 청와대의 전산실 팀장으로 근무지를 변경하여 정보통신처장, 행정본부장, 경호실 차장을 역임하였다. 20년 장기 근속하는 동안 5명의 대통령과 함께 근무하였고, 그 중에서 2명의 대통령을 모시는 경호차장을 지낸 경우는 유일무이한 사례다.

국내 정치와 급변하는 사회 상황에 따라 물러갈 처지가 되었으나, 오히려 보직을 변경하여 승진하는 경우가 대부분이었다. 주변에서는 어찌된 일인지 그렇게 어려운 자리를 피해나간 것을 모르겠다는 말을 했다고 증언하였다.

기독교인의 주장

본인이 설명한 것을 그대로 믿고 인정하는 다른 사람은 거의 없다. 어느 귀신이 도와주어 재수가 좋아 가능한 것 즉 우연의 일치라고 말하는 것이 일반인의 속성이다. 그러나 기독교에서 신앙생활을 하는 종교인들은 당연한 계획대로 착착 진행되었다고 믿을 만하다. 마치 약소국의 백성 목동(牧童) 출신이 억압 지배국 애굽의 총리에 오른 요셉의 예처럼.

위에서 언급한 바와 같이 믿음이 일어나고 믿음을 주신 절대자가 허락하신 경우만 가능하다는 것이다. 그러니 일반인들은 이제 그만 그치고, 사람의 생각과 사람의 계획대로 실행하는 방안은 없을까? 고민할 것이다.

모든 사람들은 아침에 일어나면 오늘을 어떻게 행동할 것인가에 대한 계획을 세운다. 그러나 수동적인 사람 혹은 기피적인 사람들은 '되면 그때 가봐야 되겠지' 하는 사람도 있다.

사람의 일이라는 것은 항상 내 마음대로 되지 않으니, 시간에 따라 변하는 조건이나 주어진 여건에 맞춰 다시 짜는 계획으로 살아간다는 말이다. 뒤집어 보아도 맞는 말이다.

모든 일을 생각하고 고민한다고 하더라도 일을 해결할 수 없다는 것이 대부분이다. 자나 깨나, 눈만 뜨면 걱정이라고 하지만 내 힘으로 해결할 일은 거의 없다는 말이다.

그래서일까. 중국의 고사에 '새옹지마'라는 말이 있는데 생각해보면 재미지다.

변방 즉 국경의 마을에 사는 노인이 있는데, 기르던 말이 없어졌다. 국내 즉 살고 있는 지역에서 없어졌다면 수소문하여 찾을 수 있겠지만, 적국으로 가버려서 크나큰

재산을 잃은 격이었다. 주변 사람들이 위로를 하였으나 본인은 그런 말 한 마리 잃어버린다고 낙심하지 않는다고 하였다.

그러자 얼마 후 없어진 말이 또 다른 말을 데리고 돌아왔다. 이 사건을 아는 사람들이 다시 모여 추가로 말을 한 마리 얻었다고 축하하면서 부러워하였다. 그러나 노인은 그런 것 가지고 호들갑떨지 말라고 단단히 주의하였다.

그 후에 아들이 말을 타다가 떨어져서 다리를 다치는 큰 사고를 당했다. 사람들이 위로를 하면서 다리가 부러졌다고 안타깝게 여겨 쉬쉬하고 말했다. 노인은 그것이 대단한 것은 아니라며, 아무 것도 아니라는 듯했다.

조금 지나자 인접 국가와 전쟁이 일어났으니, 국가를 위하여 국민을 위하여 전쟁터로 나가라는 공고가 붙었다. 사람들은 전쟁터로 나가는 것이 불안하고 살아남을 수 있는 것이 불가능하다는 염려를 하였다. 그러나 노인의 젊은 아들은 다리가 다친 불구(不具)이므로 전쟁터에 동원되지 못했다. 일반 사람들은 전쟁에 투입한 결과 거의 모든 사람들이 전사하고 말았다.

국가관 즉 전쟁 후에 관한 결론은 언급하지 않았으나, 노인에 관한 개인의 일에 대한 것을 지적하여 언급한 고사(故事)가 생겨난 것이다. 그래서 전쟁에 참여하지 않은 것이 다행이며, 아들이 아직 살아있다는 것이 다행이며 행복이라는 말이다.

계획을 달성할 수 있는 방법은 없는가

고사가 아닌 현대의 교훈은 없는가.

베스트셀러 작가 어니 J. 젤린스키는 컨설턴트이기도 하다. 저자는 『느리게 사는 즐거움』이라는 저서에서 사람들의 걱정을 줄이고 즐겁게 살아가는 것이 좋다는 이야기를 하고 있다.

사람의 걱정 중에서 40%는 절대로 일어나지 않을 사건을 만들어 걱정하는 일에 지나지 않으며, 30%는 이미 일어난 사건에 관한 늦은 걱정이고, 22%는 사소한 사건으로 해결하거나 미결 상태로써 별 상관이 없는 것이며, 4%는 우리가 사람의 힘으로 바꿀 수 없는 어려운 사건에 관한 걱정이라고 말하고 있다.

그리고 그 나머지인 4%만이 대처할 수 있는 사건인데, 어떻게 언제 전개할 것인가가 중요한 포인트라고 말한다.

따져보면 70% 정도의 걱정에 쏟을 정성을 나머지 4%에 관하여 집중하면 된다는 것이다. 이 4%를 달성 혹은 해결하는지도 미지수이며, 해답이 불투명하기도 하다. 절대로 사람의 힘으로는 해결이 불가한 경우도 있다는 말이다. 사람이 살아가는 방법은 선택과 집중을 통하여 실천하는 것이 바람직한 방법일 뿐이다.

어떤 일이 일어나더라도 일희일비하여 경박한 언행을 하지 말라는 요청이다. 반대로 뒤집어보면, 내 앞에 벌어지는 모든 일에 대하여 속단하고 염려하며, 낙심하지 말고, 부리나케 샴페인을 터뜨리는 것도 정답이 아니라는 말이다. 내 생각이, 내 계획이, 내가 희망하는 미래에 대하여 선뜻 대답할 수 없다는 것이다.

그러면 내 앞의 일에 대한 계획을 얼마나 달성할 것인

가에 확신하고 믿을 수 있을까? 앞에 언급한 주대준의 얘기처럼 미래에 대하여 확신한 것만 있다면 가능하다는 결론이다. 굳건한 믿음, 미래에 대한 실현 가능성에 대한 믿음을 말이다.

가장 쉬운 계획을 세워라

저자 이지성은 초등학교의 젊은 교사다. 그런데 바쁜 중에 여러 권을 써냈는데, 『행복한 달인』, 『20대를 변화시키는 30일 플랜』, 『리딩으로 리드하라』, 『1만 페이지의 독서력』, 『꿈꾸는 다락방 1,2』 등 다수가 베스트셀러다.

이지성의 책에는 오로지 많이 읽어야 한다는 것이 주요이며, 미래에 대한 꿈 그리고 앞날에 관한 희망과 기대를 위한 계획을 세워야 한다는 말이 나온다.

그런 방법으로는 굳은 신념으로 믿으며, 강한 긍정과 유추하는 정답을 유포하는 방법을 주장한다. 말하자면 자기 암시와 타인에게 공감대를 가져서 나에게 되돌아오는 메아리로 오도록 하라는 것이다.

일련의 시나리오를 작성한 후, 그것을 조금씩 실천하는 방법을 실천하는 것이다. 그것은 타인도 나를 도와주는 방법을 찾아 도와주도록 유도하는 방법인 것이다.

그러나 이것은 타인을 이용하는 방법이 아니라, 기회가 되면 남이 나를 도와주는 것이 정답이라는 말이다. 그런 중에 타인이 나 때문에 피해가 되지 않고, 나를 욕하는 일이 없도록 공정한 방법을 택해야 한다.

그렇기 때문에 남이 우연한 기회에 맞았다면 항상 나를 도울 수는 없다는 것이 정답이다. 그래서 남에게 우연이 아닌 필연이 되도록 만들어서 나를 도울 수밖에 없다는 계획을 세워야 한다는 말이 키포인트다.

어떤 주제를 정해놓고 문제를 해결하는 방법도 있다.

멘토와 멘티로 정해지고, 숙제를 주고 풀면서 성장하는 방식을 인용한다. 대화와 메신저를 주고받으면서, 답을 알려주지 않고 간단한 힌트를 주는 것이 전부 뿐이다. 스스로 터득하는 것이 중요한 포인트다. 한 가지 정답을 빨리 가르친다면 다음에 많은 발전을 기대할 수 없다는 이론이다.

산수 문제를 푸는 것도 답을 알려주는 것이 정답이 아니라, 간단한 과정을 알려주었으나 정작 숙제를 풀기 전에 막혀 어려움을 느끼는 것이 바로 성장통이라는 말이다.

어떻게 살아갈까 고민하는 사례

그러면 타인이 나를 욕하지 않으면서, 나서서 나를 도와줄 것인가가 관건이다.

단 하나 타인에게 도움이 되도록 먼저 도와주면, 내가 손을 내밀지 않더라도 타인이 기회를 찾아 자연스럽게 나를 도와준다는 법칙이다.

쉽게 말하면 '사람이라면 덕을 쌓아라!'다. 요즘 유행어로 덕을 쌓는 것이 아니라 덕을 짓는다는 말이 있다. 없는 덕을 내가 짓는 다는 말이다.

불교에는 사람이 죽으면 내세에 다시 살아난다는 말이 있다. 그 중에 사람이 되어 다시 태어난다면 그것은 살았을 때에 가장 극진한 덕을 쌓은 결과이며, 조금 더 적더라도 충분하다면 개가 되어 살아난다는 말이다.

환생 중에서 사람이 최선이며, 다음이 개이고, 그 다음으로는 여러 동물 혹은 벌레로 살아나기만 해도 성공이라는 뜻이다. 그러니 살생금지라는 것은 어떤 사람이 환생한 것인지 모르기 때문에 반드시 지켜야 한다는 법으로 정한 것이다. 어쩌면 나의 아버지 혹은 할머니가 환생한 벌레인지도 모른다는 답이다.

혜민과 함께

근래 유명한 중, 텔레비전에 나오는 젊은 스님이 뜨고 있다. 그는 고등학교를 졸업하고 UC버클리대학에서 영화를 배우겠다고 유학 갔으며, 하버드대학에서 비교종교학을 거쳤고, 프린스턴대학에서 종교학박사를 받았으며, 햄프셔대학에서 종교학을 가르치고 있는 혜민 스님이다.

미국에서도 잘 뜨는 인사로, 지은 책 『멈추면, 비로소 보이는 것들』이 있다. 책의 표지를 넘기고 맨 윗장을 보면 인용 문구가 있다.

'내가 나를 사랑하기 시작하면 세상도 나를 사랑하기 시작합니다. 여러분을 항상 응원합니다.'

좋은 말이다.

그러나 나는 여기에 '내가 나를 사랑하기 시작하면, 내가 세상을 사랑하기 시작하면, 세상도 나를 사랑하기 시작할 것이다.'라는 말로 수정하고 싶다.

다른 사람들이 나를 사랑하기 원하기 전에 내가 먼저 사랑하고, 내가 먼저 사랑한 다음에 나를 잊고 있는 사람이라면 나의 마음이 전달되지 못한 소치다. 추가로 사람을 사랑하고 더 사랑하면 감동이 넘친 나머지 나를 사랑하기 시작할 것이다.

앞에서 언급한 것처럼 혜민은 사람을 사랑하라는 불교의 교리를 지키려고 말했다. 그 보다 먼저 나 자신을 사랑하라는 말이었다. 나를 사랑하는 것이 나 외의 사람을 사랑하는 시작인 것이다. 나의 욕심을 차리기 위한 목적이 아니라, 무조건 나를 사랑하면 따라서 다른 사람을 사랑하는 마음이 우러러나게 된다는 말이다.

그래서 다른 사람도 나와 같은 원리대로 자신을 사랑하면 남도 사랑할 것이라는 믿음이다. 결론적으로 내가 먼저 나를 사랑한다면 남이 나를 사랑하게 된다는 이론이다.

달라이 라마와 함께

달라이 라마가 쓴 『JOY 기쁨의 발견』은 남아프리카공화국의 정신적 지도자인 데스몬드 엠필로 투투와 함께 쓴 책이다. 또 거기에 참여한 편집자 더글러스 에이브람스는 원고를 편집 전부터 동시 참여하여 주제 토론과 의사를 조절하는 주요 작가로 등장하였다.

이 책의 주요는 기쁨을 마음으로 읽고 다시 전파하라는 말이다. 절망을 넘어 긍정, 고통을 넘어 즐거움, 두려움과 스트레스를 넘어 성장과 도전, 좌절과 분노를 넘어 희망과 낙관을 열어가라는 말을 하고 있다.

그들이 주장하는 것은 행복이 경제력의 주체인 돈에 젖지 말고, 먼저 마음을 열어 초월하면 아름다운 것이라고 일관되게 펼쳤다.

세기의 여성 파워 선두인 오프라 윈프리는 모든 사람들이라면 두 저자가 지적한 것처럼 기쁨이 함께 하기를 희망한다는 말로 마무리하였다. 그리고 세상에서 이보다 좋은 선물은 없다고 말하기도 하였다.

틱낫한과 함께

틱낫한은 베트남 출신으로 1926년생이며, 불교 승려다. 세계 4대 생불(生佛) 중의 한 명인데. 조국에서 축출당한 후 해외에서 활동 중이다. 100여 권의 저서가 있으며,『평화로움』이 가장 유명한 책이다.

저자는 밭에서 채소를 가꿀 때 먹고 사는 달팽이라도 죽이지 말고 다른 곳으로 보내주라고 말한다. 이런 마음을 통하여 사물 그리고 동물 더불어 사람을 인식하며 완전한 경지에 다다르면 좋은 것이라고 말하기도 한다. 이 방법은 모습을 가진 집합체, 느끼고, 지각하며, 정신적인 형성, 의식이 필요하다는 내용이다.

생로병사와 성장하면서 성공을 위한 경쟁이 주요 목적

이 아니라는 말이다. 미래를 내다보며 웅대하고 장대한 계획을 세우는 것이 필요하지 않고, 순간 순간을 현명하게 실천하는 것이 삶의 기술이라고 지적한다. 논쟁하지 말고 비난과 비판을 하지 말며, 이해하고 그 마음을 보여준다면 타인이 당신을 사랑할 수 있다는 것이다. 형이상학적 이론이다.

종교적인 지도자로서 타당하고 이론적으로 현명한 지침을 제시한 것이라고 본다.

현실적인 반성

나는 어떻게 살아 갈까에서 의미하는 것은 혜민의 말처럼 사람을 사랑하는 것이 정답이라는 것도 타당하다. 그러나 어떤 목적을 가지고 어떤 방법으로 처리하여 살아갈 것인가에서는 사랑이 정답만이라고 할 수도 없다.

또한 정신적 지도자가 주장한 것처럼 나를 비우고 평화롭고 즐거운 언행을 하라고 주문을 보자. 그런다면 기쁨이 나를 찾아올 것이고, 반드시 나는 행복한 삶을 살아갈 것이라고 말한 것이기도 하다. 그러나 그것은 종교적인 차원에서 나온 것이므로 일반적인 사람들에게 항상 맞는 정답을 달리 제시하여야 할 것이다.

나는 목적에 따라 펼쳐질 방법 즉 수단이라도 각기 다

른 방법을 강구하여야 된다고 믿는다.

요즘 학원을 운영하는 곳에서 고객을 수송하는 차량을 절대불가결의 수단으로 활용한다. 그런데 그 차량의 뒤에는 멀쭘한 문구가 있다.

'이 안에는 미래의 대통령이 타고 있다.'

정말 미래의 대통령을 발굴하여 키우는 곳이 있는가?

텔레비전에서도 영재 발굴 프로그램이 있다. 그런데 지망하는 학생들이 아주 많이 모여 있어서 정말 타당성이 있는지 확인하고 판결하자는 프로그램이다.

하지만 전자의 일반 학원에서 소개하는 문구는 소름이 쭉 뻗치기도 한다. 미래의 대통령이 좁은 학원차안에 모여 있고, 그 안에서 경쟁하며 미래를 펼칠 것인가가 우려다.

그렇다면 학원생들 간에 정당한 경쟁, 선의의 경쟁을 하는가? 그러하다가 정말 미래의 대통령을 배출할 것인가. 아니면 한 명의 미래 대통령을 만들기 위하여 모인 사람들은 들러리인 것인가?

아니다. 누가 보아도 다 아는 것, 학생들을 모여 운영하는 경제원리를 잘 지키고 있는가? 얇은 수단으로 꼬여내는 방법일까?

미래의 대통령도 현실적이고 가능한 방법을 만드는 기술이 필요한 것이 아니겠는가. 김영삼 전 대통령은 자신이 만든 대통령이었다는 생각이 든다. 어릴 때부터 책상 앞에 '나는 대통령이다'라는 문구를 써 붙여 놓고 되 뇌이며 달달 외웠다고 한다.

문구 하나를 외웠다고 일이 달성되는 것이 아니며, 자신은 그만큼 노력하고 주변의 분위기를 조성하여, 타인들이 나를 돕도록 독려하는 것이 필요하다.

김영삼은 이런 일들을 차근차근 달성하면서 큰 목적을 이룰 수 있었다고 본다.

사실 한 사람뿐이 아니라 많은 경쟁과 숱한 역경을 넘고 견딘 사람들만이 이룬 것이 큰 목적일 것이다. 여러 대통령들이 각자의 처지에서 이겨낸 어려움을 딛고 선 방법은 무엇이었을까?

다시 말해서 계획을 작성하더라도 치밀한 계획을 수립하며, 그런 방안을 달성하는 대안을 추가로 세워야 한다. 이것이 본론에서 말하는 '나는 어떻게 살아갈까'라는 문제를 해결하여야 하는 주요 주제다.

한편, 내 주변의 일 즉 작은 희망과 기대 그리고 실천은 없는가?

나는 작은 도시에 살고 있다. 고층 아파트에 살고 있으면서도 가구 수가 적고 아주 높은 초고층이 아니다. 지역에 등장할 때에는 저층 아파트에 비해 첨단인 고층아파트로 생겨났지만, 부지를 제공하는 분위기가 아니어서 입지도 열악한 편이다.

또 나는 동네 미용실에 다닌 지 벌써 15년이 넘었다. 자녀 친구네가 미용실을 운영한다고 하여 다니기 시작한 셈이다. 그러나 비용이 마음에 들지 않아서 옮기지 않을 수 없었다. 여기저기 다니다 마땅한 곳을 찾아냈다. 비용이 4,000원으로 저렴하고, 스피드 속성에다가, 머리를 감는 것이 필수 코스로 바로 다음 행사에 참여할 수 있었다.

말하자면 안성맞춤이다.

그러나 어느 날 미용 서비스 대금이 갑자기 5,000원으로 인상되었다. 사전 예고도 없이 인상하였는데, 예고 고지를 부착한 공고도 없었다. 그래도 '그럴 수 있지!' 하면서 받아들였다. 비교적 다른 곳보다 저렴하다고 자부하는 것인가 하는 생각이 들었다.

그러자 연거푸 두세 달 간에 다시 인상을 하였다. 이번에는 7,000원으로 오른 가격이다. 25% 인상한 후에 더하여 40% 인상이라는 경이롭다. 이번에도 예전 고지도 없었고, 고객에 대한 배려 차원적 홍보도 없었다.

더구나 비용 부담에 대한 위로 차원에서 서비스 하나 받은 적도 없었다. 커피 한 잔, 요구르트 한 병, 아이스콘 하나, 재미로 먹는 붕어빵 하나 등등 사람과 사람의 정을 보듬어주면서 위로하고 배려하는 차원의 행위가 없었다. 최소한 많은 대금을 인상한 것에 대한 해명이나 변명도 없었던 것은 부지라고 생각하였다.

미용실 측에서는 다른 곳의 미용 서비스 요금이 얼마나 되는지 조사하였던지, 이미 알고 있다는 것이 업계의 공공연한 것인데, 왜 이렇게 갑자기 기습 인상을 한 것인지 이해가 되지 않는다.

나는 아무런 말도 하지 않고 발길을 돌렸다. 판매를 운영하는 점주는 고객과의 관계가 단순한 쌍방 이해관계로 이루어지는 것이기 때문이다. 구태여 시시콜콜 따지거나 해명에 대한 기회를 부여할 필요도 없는 것이다. 단순한 물건을 팔고 사는 관계의 입장에서는 거래 행위도 단순한 결과다.

지인이 친인척 관계라서 지도와 계도 차원에서 물어보고 지시하는 것이라면 이해가 된다.

그러나 나는 수소문을 하여 발견한 곳이 있다. 집에서 멀지 않은 곳에 위치한 미용실이라는 것도 좋은 점이다. 이름도 '일류헤어스튜디오'라니 마음에 든다. 가격이 저렴하기도 소문난 곳이다. 하긴 저렴하니 서비스나 다른 차원에서 고객의 요구를 들어줄만한 것이 없다고 해도 이해가 된다.

내가 들어가서 느낀 점은 별다른 것이 없었다. 다른 곳과 차이가 없고 실내 분위기도 마찬가지였다. 입구에 서면 미용실이 있으며, 계단 4개를 올라가면 휴게실이 있다. 미용이라는 것은 항상 앉아서 하는 곳이며, 차라리 운동이라도 하라는 차원에서 계단을 올라가야 하니 고맙기도 하다. 내려다보면 미용실의 동태를 파악하며 내 차례가 언제인가 짐작하기도하는 일석이조다. 물어보고 따지고 자실 것이 필요 없는 분위기다.

휴게실에서는 미용실과 구획이 차단된 분위기라서 반드시 TV를 보거나 싫으면 책을 읽어야 한다는 곳이니, 졸고 있어도 좋은 자유분방한 분위기다.

예전부터 나는 머리카락을 자를 때에 스피드를 좋아했었다. 항상 시간에 쫓긴다고 핑계 대는 탓에 가능하면 '빨리빨리'를 요구하는 스타일이다. 그런데 일류미용실에서는 사뭇 다른 것을 알아챘다. 말은 많고 빠르지만 행동은 차분하고 꼼꼼한 것이 다른 맛이다.

종업원 한 명을 대동하여 같이 일하는데, 저녁 늦은 시간까지 운영을 하는 곳이다. 나는 일반적인 일이 조금 늦게 마치는 것이 일하는 특성이라, 마치고나면 다른 미용실에서는 머리카락을 자르는 방법이 없었다. 여기는 일방적 규정을 파괴한 곳이니 마음에 든다. 얘기한 것을 정리하면 과연 익산 신동의 일류미용실이라는 결론이다.

시내에 혹은 대도시에서 이름을 걸어놓은 일류미용실이라면 먼저 입지 조건이 까다로운 곳일 게다. 개업하면 비싼 임대료가 문제이며, 모여든 종업원의 수에 따른 임금과 업주의 수익성을 고려하면 정말 비싸진다는 정평이다. 거기에 멋진 스타일을 공부하고 실습하며 개발하는 실험대상도 필요한 곳이다.

남이 하지 않는 것을 지적하며, 항상 신형을 도입하고 권유하여 첨단 스타일을 일류미용실이라는 이름값을 받겠다고 노력하는 곳이다.

그러나 내가 지목한 일류미용실은 여타의 일류미용실

과 사뭇 다르다. 내가 생각하는 부류가 다르다. 호화롭다거나 번지르르한 곳이 아니며, 고객에 대한 대우가 말에 발린 존경성 멘트가 아니며, 들어가면 '어서 오십시오!'로 시작하고 갈 때는 '안녕히 가십시오!'로 끝나는 것뿐이 아니다.

떠벌리고 말을 시키고 수다를 떠는 것도 아니며, 머리스타일과 얼마나 어떻게 하느냐고 진도에 따라 계속 물어보는 것이 일류성 멘트다.

그는 창업당시에 미리 정해 붙인 상호가 '일류헤어스튜디오'인데, 어떤 이유에서 정한 것인지, 이유에 대한 토론과, 어떤 미래를 이룰 것인지에 대한 대책 방안에 대한 토론도 했다고 하였다. 그러나 그런 정답을 도출해낼 수 없다는 결론이란다.

이유가 없고 해명도 없으며, 단지 일류미용실이라는 명제를 항상 생각하면서, 잊지 말고 살아가자는 생각이라고 말했다.

나를 도와주는 사람이 없을까?

나는 어떻게 살아갈까?

주제를 잊지 말고 노력하면 답이 나올 수 있을 것도 같다.

말 한 마디에 천 냥 빚을 갚는다는 말이나, 말이 씨가 된다는 말이 있다. 가는 말이 고와야 오는 말이 곱다는 말도 있고, 때리는 시어머니보다 말리는 시누이가 더 밉다는 말도 있다.

사람이 살아갈 때 타인과의 관계를 합당하고 정당한 방법으로 살아가는 것이 더 좋은 것이라는 속내를 들춰낸 속담이다.

초등학교 교사인 이재성이 주장하는 방법은 목적을 달

성하는, 정당하고 평화로운 예를 들고 있는 것이다.

내가 좋아하는 것들, 내가 원하는 것들, 내 계획을 도와줄 것들이 많이 있는데, 그런 것들이 모두 나의 실행을 도와줄 것이라는 주장이다. 그렇게 하기 위하여서는 내가 한 말 즉 나의 주장을 알려주면 그것을 알아보고 도와준다는 사람이 있다는 법칙이다. 그러니 내 생각을 이심전심으로 알아 챙겨주는 사람들이 늘어나면 좋겠다는 것이다.

외국에서도 같은 이론이 있다. 말하자면 텔레파시가 전달되어, 발견하고 나를 이해한다는 사람이 있다는 말이다. 그럴 때에 나를 찾고 또 도와주는 사람들이 많아지게 하려면, 그런 작전이 필요하다는 법칙이다. 사실은 심리학과 정신분석학 등 여러 부문에 걸쳐 우리보다 더 발전한 것이 많은 사실이다.

전자의 이론과 같은 내용이다.

사실은 전자 즉 이재성 작가는 이런 법칙에 대한 창시자가 아니라, 이론에 관한 선진국을 모방하여 편집하거나 변경함으로 지은 것이라고 생각된다. 그리고 자기가 느낀 점을 첨부한 것이리라.

작가라는 사람마다 생각하는 것이 다르고, 위치와 환경에 따라 다르게 개정 이론이 나오거나, 법칙이 예외를 적용하여야 하는 것과 같은 파생 이론이라고 보면 된다.

며칠 전에 읽었던 책 중에 외국인이 지은 『끌어당김의 법칙』이 있다. 마이클로지에가 지었고 이수경이 번역한 책이다. 지은이와 번역자가 완벽한 콤비를 이루어 아주 좋은 책을 만들어냈는지는 모른다. 하지만 저자의 의도를 알고 읽으면 틀렸다는 말을 하지 못하고, 저자의 지시대로 행동할 것이다. 그렇게 한다면 '나에게 도움을 준다는 법칙대로' 내가 의도하는 목적을 달성하리라는 주문(呪文)이다.

세계 100대 영향력이 있는 디팩 초프라는 『바라는 대로 이루어진다』라는 책을 썼다. 우리에게 번역된 책이라도 흥행을 이루었다. 소망이 있으면 의도가 있고, 그리고 의지가 있으면 행동을 통하여 운명이 된다고 말했다. 제목대로 내가 바라는 것이 내가 의도한대로 이루어진다면 얼마나 좋을까.

'긍정'에 관한 책도 유명하다. 많고 많은 중에 내가 읽은 책은 조엘 오스틴의 『긍정의 힘』과 토마스 레오나드의 『긍정의 습관』이다.

대동소이인데 요약하면, 아침에 일어나자마자 책을 펼치고 좋은 문장을 주의하여 읽고, 마음속으로 크게 5번 외친다음, 열정적으로 큰 소리를 내어 5번 반복하면, 7일 이내 당신의 인생이 달라질 것이라고 말했다.

나를 도와줄 사람이 나타나도록 유도하는 선의의 배려

위 사람들의 책도 당신이 간절히 원할 때에 온 우주의 기운이 당신의 소망을 이루어지도록 내가 도와준다는 이론이다. 그렇게 써놓고 반복하여 읽으면서, 원다면 우주에 혹은 전 세상의 물체와 사람들이 도와준다는 말이다.

주문을 외는 종교적인 주문 즉 믿음에 의지하는 간절함이 나를 도와준다는 이론과 일맥상통하는 것이다.

혜민과 달라이 라마, 틱낫한은 사람들이 좋은 말을 하고 좋은 행동을 하라는 말을 하는 것이다. 그렇게 하면 궁극적으로 나에게 되돌아와서 나에게 도움이 된다는 덕목이다. 나에게 좋으라는 목적이 아니라 모든 사람들이 행복하게 살아가라는 방법이 바로 이것이라는 책의 지적이다.

맞는 말이다.

나 혼자 행복하면 일시적인 것이지만, 더불어 행복한 세상이라면 나도 항상 행복하다는 것이 정답이다. 모든 사람들이 각자 생각하는 의도가 다를 것이고, 주어진 환경에 따라 변하는 목적과 계획이 달라질 수도 있다. 그래서 나는 누구에게 천편일률(千篇一律)적으로 강요할 수 없는 것이 현실이다.

5부. 나이팅게일의 촛불

나이팅게일의 촛불

나이팅게일을 보셨나요?

나는 아직 나이팅게일을 만나 본 적이 없다. 살아있는 내 나이가 너무 적고, 나이팅게일이 살아있던 당시 같이 살았던 사람들도 이미 죽은 지 오래다. 그는 많은 사람들이 숭고한 마음을 기리고, 흠모하며, 영원한 연인으로 남아있는 사람이다.

나이팅게일의 후예

요즘은 나이팅게일의 후예들이 무럭무럭 자라고 있다. 스파르타식 훈련과 독심술 그리고 연민의 보은을 배우며, 정예의 후계자가 되기 원하여 정식 교육을 받고 배출되는 제도를 활용하고 있다. 많은 예비후계자들이 모여들고 나름대로 나이팅게일을 따라 필요한 사람이며 중요한 사람이 되고 싶어 할 것이다.

나도 나이팅게일이 되고 싶다.

나는 최소한 나이팅게일의 마음을 따라 남에게 도움을 주고 싶다.

연전에 오른쪽 중지와 장지 손가락의 마지막 마디를 다쳤었다. 중지는 살점이 터지는 사고를 포함하였고, 중지와 장지는 손톱을 부딪쳐 멍이 들었던 것이다. 아주 위험하다거나 중대 사고는 아니었다. 그러나 장지 손톱 밑에 있던 까만 것이 변하여 화농이 생겼다. 원래는 죽은피가 맺히다가 굳어서 끝나지만, 죽은피가 굳지 못하여 염증이 생긴 원인이었다.

정형외과에 갔더니 대뜸 사진을 찍어보자고 하였고, 결과로는 별반 다름이 없었다는 진단이 나왔다. 하긴 나도 같은 진단이다. 의사라는 면허가 없으니 발행할 수가 없는 처지에 지나지 않는다.

우리가 아는 사람 중에 '신바람 건강법' 이라는 TV 프로에 회자된 사람이 황수관이다. 나는 시간이 부족하다는 핑계를 대면서, 한두 번 지나다가 보는 정도에 지나지 않다. 그는 『신바람 인생』이라는 책을 포함하여 유명한 책을 여러 권 썼다.

그는 전국에서 철두철미한 유명 독학파로 소문이 났으며, 만년에는 유명한 대학병원의 교수이기도 하다. 그러나 그는 환자를 두고 수술을 하지 못하는 사람이며, 증세를 진단하여 처방을 내릴 수 없는 사람이다.

왜 그런 것일까?

그는 실습이 없었고 이론 외에 실체적인 실험이 없었기 때문이다. 1945년생인데 대한민국국민상을 포함하여 큰 상을 여럿 수상하기도하였으며, 폭소(爆笑)에 달변이며, 일소일소(一笑一少) 일로일로(一怒一老)의 증인이다. 2012년 타계하였는데, 사인은 급성패혈증이라는 진단을 받았다.

의사가 되려는 사람들이 황수관에게 교육을 받으려고 모여드는데 그래도 황수관은 의사가 될 수 없었다니, 반대로 나이팅게일의 후예자가 될 수 없는 것은 왜 그럴까?

마찬가지다.

간호사가 되려는 사람도 실습과 이론을 겸비하는 필요충분 코스를 마쳐야 하는 것이다. 어렵고 힘든 코스를 돌파하고 완벽한 사람이 되면 누구든지 우러러 볼 수 있는 사람이다. 최소한 본인이 느끼는 자부심만큼은 완벽한 사람이 되는 것이다.

내가 황수관에게 장지 손톱을 진료 받은 후, 처방에 따라 간단한 시술을 받는다면 어떻게 되었을까. 황수관이 지정한 나이팅게일의 후계자에게 도움을 받으며 처치를 받는다면 어떻게 되었을까.

나에게 필요 없는 X-RAY 사진을 찍어야 한다고 말하고, 얼마 뒤에 마취를 받았다. 의사는 부드럽고 차분한 음성으로 조금 아플 것이라고 말하면서 참아야 한다고 주문을 하였다.

그러나 잠시 뒤에 손톱을 절개하고 뽑아버리는 아픔을 견뎌야했다. 나는 다른 방안이 없으니 그저 이를 악물고 찍소리 한 번 부르지 않았다. 의사는 잘 참았다는 어린아이 어르듯, 그러나 침착하고 통명한 칭찬을 하였다.

나는 다시 생각해보았다.

왜 이렇게 아픈 것일까? 마취가 약해서 빨리 풀린 것인가? 아니면 마취가 부족하여 덜 된 상태인가? 내가 미워서 받아야하는 정당한 보복인가? 답은 덜 된 상태라는 것이 분명한데, 왜 이렇게 서두른 의사가 있는 것일까.

황수관의 말에 의하면 일소일소가 맞다고 하던데 왜 이리 일로일로를 만든 것인가.

나는 살며시 눈을 떴으나 시선은 마주치지 못하고 그냥 다소곳이 내려 볼 뿐이다. 어느새 사라지는 발걸음이 총총 바쁘다. 언제 그랬느냐는 듯 모두 사라져버렸다. 나에게 위로를, 혹은 격려가 필요 없단 말인가.

독립기념관을 돌아보고 느낀 점은 '얼마나 고생을 하였습니까?' 이었을 것이다. 목숨은 그렇다 치더라도 최소한 독립군의 정성과 애국심, 겨레에 대한 애긍심을 알아야 기릴 수 있을 것이다.

나이팅게일은 야전 병원에서 환자를 보호하며 돌보던 사례가 있다. 고객이 병사가 아니며 순찰하는 관리자도 아니다. 나이팅게일의 관심 대상은 오로지 환자뿐이다. 그런데 전장에서 종횡무진(縱橫無盡)하던 나이팅게일은 전투화를 신었을까, 아니면 삽과 곡괭이를 들고 작업을 하는 작업화를 신었을까?

나이팅게일이 우리 집을 방문할까

아들이 대학에 가면서 남자 간호사가 되면 좋겠다고 말하였다.

요즘 추세는 전문직을 선호하는데, 남자 간호사가 적어서 힘들고 어려운 직업이라는 것은 인정하였다. 그보다 아들의 직업은 내가 상관할 것이 아니라, 본인의 적성과 처지 그리고 상황을 고려하여 본인이 결정해야 하는 것이 정답이다.

나이팅게일을 야전 병원에서 만나보았다면 반드시 남자 간호사가 필요하며, 남자 간호사만이 충분하다는 것이라고 생각하였을 것이다.

그래서 나는 아들의 직업에 대하여 이미 동의를 한 상태였다.

아들은 나이팅게일 선서식에서 가운과 신발 등 모두를 빠트리지 않았다. 실습과 이론은 겸비하여 부분 예행연습과 리허설까지 마친 후, 엄숙한 나선식도 거행하였다. 졸업식도 아니고, 일과성 행사이니 동참할 필요는 없었지만 엄숙하고 근엄한 행사는 확실하다. 사람의 생명과 연관된 사람, 인권에 관한 사람들의 행사라니 그럴 것이 타당할 것이다.

허울을 쓴 허상

그러나 오늘의 나이팅게일은 하얀 신발을 신고 있지 않았다. 백의의 천사가 되고 싶다면서도 푸르른 가운을 입었으며, 알록달록한 실내화 차림이었다. 뒤꿈치가 트여있고 신발이 커서 카닥까닥 대며 가는 사람이었다.

그런가 하면 어떤 병원에서는 너무 타이트하고, 단아한 모습, 구두를 신었는데, 게다가 똑똑한 하이힐을 신고 다니는 멋쟁이도 있는 상황을 만나 본 것도 사실이다.

의사와 간호사를 구분하지 않고.

조용한 대명사의 산실인 도서관에서도 똑똑똑 거린다거나 하늘하늘 잠자리날개표 옷감을 걸치고 있으니, 거슬러 돌아보면 참으로 기가 막힐 지경이다.

조용한 곳에서 모두 숨을 죽이는데, 잠자리날개표를 보고 있겠는가? 모든 이목을 주시하고 시선을 모아 집중시키는 마술을 펼친 것이 바로 의상이요 힐이다.

너풀 너풀 ~~ 토칵 또깍 또깍 ~~

병원의 대합실과 진료실을 막론하고 가득한 먼지가 어디서 숨어들었을까, 아니면 환자가 엄청 묻혀 들여 모신 것인가, 아니면 간호사와 의사가 신고 있는 신발에서 자급자족하며 자생한 것인가.

병원에 다녀온 사람은 반드시 손을 씻으라고 말한다. 그것도 깨끗이.

병원은 병을 고치고 환자는 낫는 곳이지만, 일부는 병원에서 병을 얻는다는 것을 증명하는 말이다. 병원 곳곳에 쓰여 있는 글귀도 동일하다.

야전 전투에서 응급에 대처하고 실리적인 투사가 되려는 예행연습인가. 아니면 너는 환자이고 나는 전문직이라는 것을 주장하는 정경분리의 원칙인가. 그러니 나에게는 여간 신경이 쓰이지 않을 수가 없다.

나이팅게일이라는 이름의 백서

흰옷을 입은 백의의 천사가 하는 말이라면 무조건 들어야 좋을 만하다. 기독교의 사자(使者)인 천사가 조언하고 배려하는 것은 반드시 옳은 말만 한다. 그리고 병원에 근무하고 있는 백의의 천사라면, 그들이 하는 말이라면 무조건 듣고 따라야 한다. 최소한 듣고 밑지는 경우가 없을 것이다.

크리스마스 씰에 관한 내용도 감동적이다.

요즘 정식 명칭은 크리스마스실이라 하는데 크리스마스 씰이라는 것이 현실적이고, 감동을 전해주는 것 같은 이미지가 있기도 하다. 흥선대원군의 척화비에 의하여 국제 통상차 연해(沿海)에 들어온 상선과 전투가 있은 후,

1890년 경 입국한 의사 선교사가 있었다. 캐나다 출신 의사인 윌리엄 홀과 미국 출신 의사인 로제타 셔우드가 뉴욕에서 만났다가 우리나라에 의료봉사를 나섰으며, 1892년 서울에서 국제결혼을 거행한 최초의 인물이었다.

이들의 아들인 셔우드 홀이 1892년 태어났다. 윌리엄 홀은 종교적 선교와 보건 봉사로 일했으나, 1894년 조선의 혼란한 상태에서 결핵에 결렸다가 조선 내(內)의 의료여건이 열악하여 결국 죽고 말았다.

아버지 윌리엄 홀이 죽자 셔우드 홀은 미국으로 돌아가서 성장하고 의학교육을 받았는데, 영국출신이며 미국에서 교사인 여성과 결혼하였다. 그리고 다시 1925년 한국에서 선교와 의료봉사를 하였으나, 한국에서 부모, 동생, 아들을 잃은 슬픈 과거가 있다. 한국인 정서상 외래인이 아니라 외국인 혹은 한국인이 맞을 듯싶다.

이런 아들 부부는 한국인의 건강을 위해 최초의 결핵요양소를 세웠고, 이화여대부속병원인 동대문부인병원, 고려대 의과대학병원의 전신인 경성여자의학대학전문학교, 인천기독병원, 인천간호보건대학교, 맹인과 농아를 위한 최초의 장애인학교를 설립한 건강 지킴이다.

1932년 한국인의 결핵퇴치를 위하여 실을 발행하였는데, 당시 일본인의 사주(使嗾)에 의해 국제 전범의 수하인 스파이로 뒤집어쓰고 인도로 떠났다.

1984년 셔우드 홀의 일대기가 전해지면서, 드디어 아름다우나 안타까운 한국을 방문할 기회를 얻을 수 있었다. 그리운 산하를 밟고 보다가 1991년, 같은 해에 부부가 91세와 88세의 일기를 마감하고 말았다.

정말 한국인에 대한 자애롭고 따뜻한 정이 많으며 의로운 사람이라고 믿어 의심스럽지 않다. 발전한 한국과 국민들의 건강을 보니 여한이 없었다는 사람인 듯하다.

본인을 유언대로 한국에 묻혀달라고 했으니 부모 양친과 자신의 부부는 진정 사랑으로 넘쳐나는 나이팅게일의 후예인가. 의사라는 진료자와 환자라는 고객의 입장만 확인하는 경제학적 의무감에 차있었는가 묻고 싶다.

나이팅게일을 찾아 나선 어려운 길

아들은 4년 동안 군장학금을 받고 다녔다.

처음에 간호학과에 입학하였는데 의무행정과로 변경하였다. 그 이유는 나이팅게일의 틈새에서 견디기 힘들지만, 앞으로도 힘들겠다는 판단이었다. 그러나 새옹지마(塞翁之馬)가 옳은지 우공이산(愚公移山)이 옳은지 분간하기 어려운 인생이다.

임관사령장을 받을 시에는 슬픈 비애였다. 세 명이서 같이 전공을 공부하고, 같이 신청하였다가 순위가 밀렸다. 한 가지 이유는 이름의 한글 자모 순서에 따라 T/O를 벗어난 것뿐이란다.

나이팅게일을 버린 행운인지, 행운이 버린 나이팅게일의 방관(傍觀)인가.

아들은 보병을 받아들고, 부임과 함께 후방에서도 최전방이라는 해안초소에서 시작하였다. 초임 임기를 채우자 최전방 중에서도 최전방이라는 닉네임이 붙여진 DMZ에 수색중대장을 배정받았다.

현재 가장 긴장하며 최상의 전투력을 유지하여야하는 부대가 수색중대이며, 그런 중의 한 명이 아들이다. 기피를 벗어나 애국심으로 자청하여 두 번이나 완수하다보니 격려와 칭찬이 연이어 드러나기도 하였다.

보병이 인정받지 못하는 나이팅게일맨이라는 것을 생각하면, 그렇게 해서라도 명예를 회복할 수 있는 기회였을지도 모르겠다.

여린 불씨

불씨를 보았는가? 불씨를 알고라도 있는가?

우리나라에도 1987년 개봉한 '불씨'라는 영화가 있다, 이향아가 지은 책에도 『불씨』가 있다. 책 『불씨』를 읽었다고 한다면 나도 불씨를 보았다는 것도 말이 된다.

일본인 도몬 후유지의 유명한 책에도 『불씨』가 있다. 미국 대통령도 감동하여 절찬한 책으로 기업인에 그리고 작업자들의 정신을 말하고 있다.

기독교 입장에서는 불씨를 지필 방법이라는 것은 어느 누구의 희생이 필요하며 지킬 봉사자가 필요한 것이다. 따라서 청소년 사역단체를 불러 모으는 기회를 만들어야 한다. 미약한 사람들의 입장에서라도 꾸준히 그리고 창

대한 불씨를 피우는 것이 관건이다. 기독교의 절대자 하나님의 도움을 비롯하여, 원하든 원하지 않더라도 창대한 포부를 일구어 실현시키는 것이 큰 목적이다. 성경에도 '시작은 미약하나 끝은 창대하리라'가 있다.

촛불은 약하고 여린 불이다. 미약한 바람만 불어도 금세 꺼지고 말 것이다. 그러나 촛불이 모이면 꺼지지 않는 거대한 불이 되고 들불이 될 것이다.

1988년 3월 25일 슬로바키아에서 비폭력 평화시위가 대표적인 집회이며, 1989년 학생들이 중심으로 추진하여 벨벳혁명 즉 무혈혁명으로 공산 독재가 무너졌었다.

무혈혁명(無血革命)으로 독재자를 축출하고 정의와 평화를 실행하는 사람들이 사는 나라가 되었다니 참으로 놀라운 사실이다.

우리나라는 독립군이 무혈혁명을 하지 못하고, 피를 맹세하고 목숨을 바쳐도 얻어내지 못한 나라이니 안타깝기 짝이 없다. 그들은 피가 말려 죽어가면서도 독립을 외치고, 온몸으로 항거하는 절절한 사연들! 어찌 설명할 수 있을까.

독립기념관에 한두 번 가더라도 애국자를 생각하며, 기리고 묵념하며, 명복을 빌어줄 만하지 않겠는가.

내 손톱을 뽑아 아프다고 말한 것이 독립군의 뼈저린 아픔과 비교되겠는가! 육체적 고통과 마음의 고통은 중고(重苦)의 대가(代價)이며 독립군의 헌신(獻身)이다.

우리나라에서도 크고 작은 촛불집회가 여러 차례 발생했는데, 2002년 미군의 장갑차에 의해 사망한 효순이와 미선이의 원한을 풀어주자는 집회가 있었으나, 처음은 아니었다. 본 필자도 2003년 『쉬운 일은 나도 할 줄 안다』를 통해 지적한바 있다.

2008년에는 미국산 쇠고기를 광우병의 원인으로 지목하여, 수입 반대를 주장하는 촛불집회가 100일 이상 열렸던 기록도 있다.

2013년 국가정보원의 대선 개입 관련을 보고, 어른들도 규탄하지 않는데도 고등학교 학생들이 주도하는 규탄 시국선언이라는 집회를 진행하였다.

2016년 11월 12일 민중총궐기대회로써 박근혜의 대통령직 퇴진과 최순실게이트를 보면서 진상을 요구하는 대규모 촛불집회가 있었다. 2017년 3월 10일 오전 11시에 전원 합의체인 만장일치로 탄핵될 때까지 서울을 비롯하여 부산, 광주 등 대도시와 중소 도시에서도 참여하는 전국민의 참여가 진행되었다.

촛불을 이어서 지피자

삭풍(朔風)에도 꺼지지 않고 이어지는 촛불은, 내가 든 양초 한 자루의 힘이 아니라 거대한 불로 번진 것이다. 외부의 힘으로 꺼지는 불은 미약하다. 그러나 끝에 창대하리라는 것처럼 정의와 참여, 동참의 동일체가 만들어낼, 필요한 촛불이다.

최명희의 명작 『혼불』을 통하여 연연히 이어진 맥을 알 수 있다. 사람이 죽으면 혼이 나가는데, 사그라드는 연기 속의 희미한 물줄기가 이어지는 혼불이다. 촛불 한 자루인지 아니면 두 자루인지 분명히 따질 것도 없이 은은한 불빛이다.

물리적인 불이 아니라 사람의 혼을 주장하는 정신적인

지주가 되는 불이라서 혼불이다. 아버지가 돌아가셨어도 내 마음 속에 남아있는 교훈과, 살아가야 될 삶의 모토가 되어 계신다는 혼불이다. 그러나 아버지가 돌아가신 후 아버지를 따라 길을 떠난 혼불은 나에게 불을 지펴 이어지는 또 다른 혼불이다.

나이팅게일의 힘은 미약하고 부족하지만, 많은 사람들이 모여 같이 힘을 더하면 위대하다. 나이팅게일선서식을 거창하고, 호화롭게, 홍청망청 하는 것이 아니라 겸허하게, 겸손하게, 정의롭고, 배려하며, 존중하는 과정이어야 한다.

한식날에 받았던 '새 불씨'는 애지중지 하면서 1년간 꺼트리지 않아야 하는 중대한 불씨였다. 한때는 봄에 그리고 가을로 나누어 분배하는 새 불씨 행사가 2번 있었다.

사실 불씨를 꺼트리면 옆에 있는 불씨를 얻어와 곁불을 살리면 끝이다. 하지만 불씨라는 것은 다시 계속하여 이어지는 불이기에 불씨가 되는 것이다. 그러므로 구한

곁불은 불씨가 되지 못하고, 죽은 불인 것이다. 내가 이어갈 불, 내가 이어 사용하여 연결되는 불이 줄불이다.

나이팅게일의 불씨를 이어가면 좋겠다. 불씨가 훨훨 올라 밝히면 살만한 세상, 좋은 세상이 될 것이다. 폭동의 화마(火魔)가 아니라, 평화의 불씨이며 화마를 승화하는 불씨가 좋은 불씨다. 여린 촛불이 좋은 불씨가 되면 좋겠다. 나도 너도 얼싸안고 모두 합심하며, 노소를 막론하고, 남녀를 구분하지 않고, 병자와 약자를 어우러져 촛불을 밝히면 좋을 것이다. 행복의 씨앗이다.

아들은 못 이룬 나이팅게일의 꿈을 희망하였다. 형태나 색깔을 내세우지 말고 나이팅게일의 정신만을 바라보면 이룰 수 있을 것이다.

아들은 수색중대장이 끝나고 전역을 하였다. 그리고 나이팅게일의 뒤를 걷기 시작하였다. 목적이 다르더라도, 방법이 아니더라도, 수단이 지나가더라도, 행여 나이팅게일의 발자취만이라도 잊지 말고 가기로 하였다.

6부.

쓰레기의 귀환

쓰레기의 귀환

'꽃차'라는 말이 있는데, 꽃을 따서 말리고 차로 만들어 마신다는 것을 포함한다. 복숭아꽃이 피면 복숭아꽃차를 만들어 마셔도 좋다는 말이다. 차로 마시는 것은 향기로 음미를 느끼며, 신경조절을 하면서 영양적으로도 좋다는 향신료 대용이다. 물론 찔레꽃과 국화, 그리고 구절초 같은 것처럼 한 가지 꽃을 이용하기도 하고, 다시 이런 꽃들을 섞어서 복잡하며 다양한 맛을 느낄 수 있는 것도 있다.

꽃의 특성

꽃은 대체로 봄에 피는 경우가 대부분이지만, 여름에 민낯으로 활보하는 것이 있는가하면 가을 막바지에 한껏 야무지게 피는 꽃도 많이 있다.

이렇게 피는 꽃이 혼자 아니면 많은 꽃들이 한데 어우러져 새로 생긴 습성을 만들어내기도 한다. 어쩌면 지는 해가 아쉽고 죽을 생명이 안타까워 변신, 파격, 새로운 창조에 이르기도 하는 과정인가 보다.

보기에 좋고 먹어도 좋다라는 말이 있다. 정말 보기 좋은 것 즉 가지런한 형태에 한 번 집어 들기도 좋은 것이 먹기에 좋다는 뜻이다. 예를 들어, 보기 좋은 떡이 맛도 좋다는 말도 있다. 이렇게 보기 좋다는 것이 좋다는 뜻은 대체로 보는 사람의 기준에 다를 수도 있지만, 누가 따지지 않고 그저 아름다운 모습과 유혹하는 자태를 음미하는 맛이 좋을 것이라는 말이다.

이렇게 판단하는 것은 현실적인 분위기에 따라 좌우된다.

고진감래(苦盡甘來)!

쓴 맛을 본 다음에 노력하여 개선하고, 성심을 다하면 달콤한 맛을 볼 것이라는 뜻이다. 꽃을 따서 차로 만들어 먹는다면 꽃차를 마실 것이며, 마시기에 좋다는 말은 맛이 좋을 것이라는 의미다.

꽃이 모두 달콤한 것인가? 단 맛은 모두 몸에 좋은 것인가?

꽃이 주는 의미

씁쓸한 꽃의 맛이 주는 의미를 잊지 말고, 가진 향신료 혹은 신경 조절용 역학제재 또한 마음을 다스리는 상흔을 다독이는 신경제재를 상기하여야 한다.

한마디로 많고 많은 꽃이 섞여있다 하더라도 가려가면서 먹어야 한다는 말이다. 달콤한 맛이 필요한 때론 필요하지만, 쓴 약이 있다면 얼마나 반가울 때가 많은지 아는가.

생꽃을 마시더라도 하고많은 꽃을 한꺼번에 먹을 수도 없다. 말렸다가 필요한 때에 조금씩 나누어 많은 사람들이 먹을 수 있다면 좋을 것이다. 꽃을 어떤 것보다 먼저 먹는 것보다는, 수고를 더하여 다음에 먹는 다면 달콤함이 곁들여지지 않을까?

꽃차의 진정한 의미는 사람의 심성을 유하게 만들며, 기회를 부여하는 시간을 제공하는 것이다. 꽃차를 생식으로 직접 씹어 먹는 것이 아니며, 우려낼 수 있는 독기를 직접 마시는 방법이 아니다.

내가 주장하는 것은 생화를 직접 먹기 전에 기간과 수고가 들어가면 좋다는 말이다. 버려지는 생화가 꽃차로 변화되면 생리학적인 해독성분과, 열매가 충실하도록 수분이 된 영양적으로, 보는 사람에게 심리적인 필요성과 덤으로도 분위기가 좋다는 것이라고 말한다.

고급 식당이나 카페에 가보면 고풍스런 소품을 전시한 것을 볼 수 있다. 한두 번 보는 사람은 분위기가 멋있다고 말하기도 하는가 하면, 교육적인 차원에서 보아도 좋을 것이라고 엄지손가락을 추켜세우기도 한다.

이해가 된다.

요즘에는 과거 고생했던 추억을 떨쳐내고 잊으려는 노

력을 하기도 한다. 나 자신을 포장하고 영화(榮華)를 들춰 내세우는 사람이 많다. 우리나라가 짧은 기간 동안에 많은 발전을 하였다고, 우리도 이렇게 살게 되었다고 하면서 슬픈 세월의 흔적을 잊고 싶다는 사람이 많다는 결과다.

풍족 뒤의 재활용

그러나 지금 다시 부서진 물건을 고치고, 옛 물건이 아스라한 분위기를 되돌려준다는 비용을 부담하기도 한다. 골동품을 전문적으로 수집하는 사람이 있고, 그것을 고가로 되팔아 돈을 버는 수단으로 이용하는 사람이 있기도 하다.

선견지명(先見之明)이었다면 나는 내가 가지고 있었던 오래된 낡은 물건을 내다 팔아버리지는 않았을 것이다. 아니 모두 두드려 부서져버리는 어리석은 행동을 하는 사람이었던가! 무슨 목적으로 언제 활용할 것이라고, 팔았다가 다시 되사는 것이라니 참으로 어리석은 행동이다.

골동품은 재활용 마트에 가면 살 수 있는가, 아니면 골동품 수집과 판매를 하는 전문 매장에 가야 살 수 있는가. 모양은 같았을지언정 격이 다른 차원이다.

지금도 활용이 필요한 푸성귀

한국의 대표적인 반찬 중에 배추와 무가 등장한다. 둘의 우열은 없지만, 부드러운 배추를 더 많이 선호하며 무는 단단한 식감과 이파리를 활용하는 식품 중의 보고다.

주요 채소는 이파리와 뿌리채소가 동시에 거론되고 있지만, 배추는 뿌리가 버려지고 무는 이파리의 일부가 버려지고 있는 실정이다. 현재 버려지는 부분은 김장용 소재로 활용하고 난 부분을 즉각 버려지는 것이다. 다시 말해서 버려지는 부분이 쓰레기에 해당한다.

그 중에서도 일부는 다시 재활용품이 되는데, 주워진 것을 말렸다가 귀중한 건채소로 재탄생 되는 것이다. 김장처럼 보존 기간을 연장하는 방법이 바로 푸성귀를 말리는 것이다. 진화를 살펴보면 처음부터 뿌리채소를 버린 것과 같다하지만, 이파리 푸성귀만 필요한 무가 등장한 셈이다.

채소용 푸성귀는 재활용품을 활용하는 것인데, 무의 이파리를 말라 두었다가 긴 동안 보전하면 철 지난 요긴한 식재료가 된다. 이른바 무청을 포함하여 시래기가 되는 부분이다. 무의 일부분이 버려졌다가 재활용 혹은 장기간 보존이 가능한 건조식품으로 재탄생된 고유명사와 일반명사를 부여하게 되었다.

쓰레기가 행여 필요한 여력이 되면 좋은 것이다. 이른바 무청의 시래기가 재탄생되면, 격이 오른 귀중한 채소로 변신한 셈이다.

시래기가 되기 전의, 즉 무의 이파리는 흙에서 자라고 흙에 돌아가는 신세다.

뿐만 아니라 마찬가지로 모든 것들이 흙으로 돌아가는 현실이다. 배추도, 사과도, 복숭아도, 토마토도 포함하여 모든 것들이 자연으로 돌아가는 것인데, 흙으로 돌아가서 쓰레기가 된다면 흙이 흡수하고 없애버린다.

일상 속의 부분들

일부 생명이 끝난 것들은 모두 재생의 과정이 아니라, 변신하여 새로운 탄생이 되는 차이다. 단단한 나무는 소각과 목재로써 재활용함에도 불구하고, 원래 성격과 기질을 유지하지는 못한다. 물론 나무에 박힌 못을 빼고 다시 목재로 활용한다면 일부는 원래의 목적대로 활용할 수 있는 것도 있다.

그러나 요즘 활용하는 사람들의 습관과 편리성을 위하여 이렇게 재활용되는 부분이 일부로만 제한되는 것이 현실이다.

나는 목재를 이용하는 사람들이 적어서, 또한 재활용하는 효용이 적어서 단 한 가지 방법 즉 소각뿐이라는 것이 탄식이었다. 그러나 어떤 사람은 폐목 소각장의 용도로 활용하지 않고 그냥 버려지는 것이 안타깝기도 하다. 특히 버려지는 것이 안전상의 문제로 주의를 살펴보아야 하는 정도였다.

또한 종이로 재활용하는 것도 마찬가지였다. 많은 사람들이 모여 있는 폐지를 줍는 것이 일반적이지만, 세심한 주의를 기울이는 사람이 없다는 것이 별반 다르지 않다.

말하자면 폐지를 모으는 사람들의 사기를 북돋우는 말이나 배려, 작은 도움이라도 주지 못하는 현실이다. 또한 폐지를 모으는 사람들도 폐지 중에서도 종이 상자만 골라 모은다는 것이다. 어쩌면 돈이 되는 것은 무거운 폐지뿐이라는 것이 정답일 것이다.

언제부터 넝마주이가 폐지의 지질(紙質)을 불문하고 형태와 무게를 구분하지 않았는지 궁금하다. 그러나 넝마주이라는 닉네임을 벗어던지고 구분하는 수집가가 되었는지 궁금하다.

사실 나는 종이의 가격 차이가 궁금하다. 그러나 내가 모으는 종이는 구분하는 방식대로 분리하여 모은다하더라도 답이 없다는 결론을 내렸다. 너무 적은 양이라서 그것도 분리한다면 효용성이 없다.

그러나 결론적으로는 많은 금액의 차이가 없어서 무조건 모아야 한다는 것이 나의 주장이다.

나는 아파트에서 살고 있다. 그런데 아파트에서도 수요일에 재활용품을 분리하고 배출하자는 날짜로 정했다. 모든 사람들은 각 가정에서 배출하는 것을 가리지 않고 모두 배출하면 된다.

수고스럽더라도 관리인 일부가 분리하며 덩치 단위로 묶어서 처리하는 사실이다. 내가 배출한 부분에 대한 기여금을 요구하지 않고, 공동 자금으로 산입하는 것이기 때문에 개인적으로 피부에 맞닿는 것이 없었다.

그래서 나는 거리에서 폐지를 모으는 사람을 만나면 일부러 다가가 건네는 일이 종종 있다. 폐지를 모으는 사람의 폐지로 인한 수입금 실태를 알고 나서 안타까운 생각이 들었다.

남자는 리어카로 수집하지만, 여인은 자전거도 없으며

시장(市場)에 가는 소형 손수레를 이용하는 것이 고작이다. 그에 따라 하루에 버는 금액도 얼마나 될까 생각할 수도 없었다. 그래서 집에서 가져온 종이를 건네주기가 미안하여, 달리 도울 방법은 없는지 고심하기 일쑤였다.

TV에서 나온 사람은 커다란 손수레에 가득 실은 폐지 즉 상자박스를 팔면 150Kg에 15,000원을 받았다고 하였다. 시세에 따라 달라지며 모은 종이의 지질과 재생용지로써 화학처리에 따라 구별된다. 그러니 일률적으로 그냥 지칭하는 가격은 다른 것이 현실적이다.

쓰레기의 범위

그러나 폐지 가격이 다르다고 실망할 것이 아니라, 파지를 모여 재생시킨 종이 값이 중요한지 중요하지 않은 것인지에 따라 달라지기 때문에 어쩔 수 없는 것이 현실이다. 종이의 주원료가 바로 목재인데 우리나라는 종이용 목재를 거의 수입하는 것이므로, 원목의 국제가격 시세에 따라 파지도 영향을 받는 것이다.

그러면 연약한 노인이 모은 파지가 얼마나 될까, 그래 모았다 쳐도 20Kg정도에 지나지 않는다. 그러면 가격은 얼마나 될까?

하루에 번 돈은 2,000원 수준에 지나지 않는다.

하긴 밑천이 들어가지 않는 수익성용 기업이라면, 나도 너도 몰려드니 공급은 일정하고 수요가 많은 기업이라면 이해가 되겠는가?

어찌되었든 돌아보면 측은하다.

길에서 폐지를 모으는 사람들을 보면 다시 돌아보아도 안타깝기 짝이 없다. 내가 도울 수 있는 방법은 없을까 세삼 생각하곤 하였다.

'힘드시죠?' 하면서 건네주는 것은 아주 작은 간식이었다. 빵이나 밥이 아니라 일하면서 길거리에서 먹을 수 있는 간이 간식이 필요하다는 결론도 얻었다.

사과와 배, 혹은 감 등의 과일이 최적이라는 정답이다. 어차피 내가 돈을 주면서 사는 과일이라면 돕는 간식이 아니라, 적선이라는 차원에 해당될까봐 걱정도 되었다.

나도 얻어다가 주는 간식이라면, 주는 사람이 부담이 없고 받는 사람도 부담도 없는 절차상의 간식이 정답이라는 생각이다.

그래서 나는 종이를 한 장 두 장 모았다가 기회가 되면 건네주는 것이 상식이 되었다. 이 종이가 많은 도움은 되지 않더라도 티끌모아 태산이라는 심정으로 함부로 버리지 않았다.

정말, 내가 건네준 사람은 누구든지 고맙다는 말을 사양하지 않았다. 내가 준 종이가 적고 받은 사람은 큰 도움이 되지 않는 것이 사실이다. 정확하게 따져보자면서도 환산하면 10원이 된다면 많은 양일 것이다.

정말로 그렇게 적은 양이더라도 그 사람들은 항상 고맙다는 말을 하였다. 만나면 인사로 고맙다 하였고 돌아서면 정말로 고마워서 거듭 고맙다는 말을 하였을 것이다.

그러니 나는 듣는 고맙다는 말에 미안하고 미안하기 짝이 없다. 그래서 힘들 거라며 간식을 건네주기 일쑤였다.

그러면 내가 건넨 양은 어느 정도의 수고로움이 될까?

사실 나는 정확한 양과 받는 돈을 계산해보지 않았었다. 150Kg이라면 15,000원의 상관은 어떻게 계산해볼까. 정말 이해득실을 따지지 않았다.

그러나 150Kg을 모으려면 얼마나 긴 세월이 걸릴 것이며, 내가 없는 리어카를 빌려야 하는 것인가. 그리고 하루에 모을 수 없는 것이 분명하니 아파트 방에 쌓아야 150Kg이 나올 것인가? 그저 대략적인 감도 없이 그냥 무작정 모으기만 해보았다.

사실 나는 폐지로 모은다면 파지 즉 종이상자만 주워 모은다면 불가능한 계산이다.

그러니 내가 할 수 있는 방법은 단순한 책이 대책이었다.

나는 이미 지난 책을 즉 버려야 하는 책을 내놓는다면 대안이 될 수는 있었다. 여기까지 간직 했던 책을 포기하자는 것도 안타깝고 허무한 심정이었다. 그러나 이미 다시 볼 수 없을 정도로 오래 전에 나온 책이며, 종이의 질이 좋지 않아서 눈이 나빠지고, 종이에서 냄새가 나서 볼 수 없는 책이라는 핑계를 대기에 적당한 상태였다.

나는 종이 혹은 책을 돈으로 환산하지 않았으니 그저

국가적 재생산으로 활용하면 그뿐이라는 생각이었다. 그래서 모은 책이 자동차 트렁크에 가득한데 8,000원이라고 하였다. 짐짓 '눈 가리고 아웅'하였지만 네 박스에 가득 들어있는 책이 겨우 8,000원이라니 정말 아까웠다. 적어도 대략 200권 분량으로 잡고, 정가가 저렴한 1만원으로 계산해도 200만원을 지불해야 하는 책에 해당한다.

나는 200만원어치 산 책을 보고 난 후 다시 책으로 바꿔주면서, 8천원으로 환산하여 달라고 한 셈이다. 정말 밑지는 장사였다. 그러나 자동차 트렁크에 든 4박스 분량이 8천원이라면 파지 시세 치고 많이 이익 나는 장사였다. 어떤 때는 밑지는 장사고 어떤 때는 이익 나는 장사라니 참으로 아이러니다.

거기다가 '너는 왜 파지를 주지 않고 직접 팔아 챙겼는가?' 소리를 들어야 했을까.

나는 근무처에 아침 7시에 도착하는 부지런한 사람이

다. 또한 저녁 7시에 퇴근하여 집에 돌아오는 게으른 사람이다. 정말 부지런함과 게으름을 동시 교차 반복하는 처지이다.

그러니 파지를 모으는 분들을 만나는 것도 어렵다. 눈을 씻고 찾아다닐 수는 없을 것이며, 파지 계근장에 기다리다가 건네줄 입장도 아니다. 적은 양이면 언제든지 트렁크에 넣고 다니다가 만나면 쉽게 건네면 끝이다. 그러나 분량이 되거나 무게가 나간다면 파지 모으는 분을 만날 때까지 가지고 돌아다니는 것은 불가능이다. 나도 사람이니 휴일이면 시골에 가서 농사를 돕기도 하며, 간혹 식구들과 함께 나들이할 수도 있는 것이다.

그럴 때마다 구차하기는 물론이며 실었다가 내리기를 반복하는 것은 번거롭고 귀찮으며 불필요한 행동이다. 거기다가 유류비를 지불하면서 가지고 다니다가, 운이 좋아 만나면 해결한 일이라니 '도랑치고 가재 줍는다.'는 격이다.

변신한 재활용의 소용

어차피 내가 주는 것은 큰 도움이 되지 않지만, 받은 사람은 티끌모아 태산이라니 무조건 받으면 도움이 되는 판이다.

자원봉사도 마찬가지다. 나는 작은 힘을 돕는 것이지만 여럿이 힘을 합치면 받는 사람에게는 큰 도움이 되는 것이 확실하다. '십시일반'이라면 맞는 말이다.

어느 일요일의 일이었다.

내가 힘들여 캔 쑥을 모았다가 쑥떡을 찧은 것이다. 이른 초봄 고개를 들고 나오는 쑥에게, 인동초 다운 개기를 높이 사서 소동초라고 임명한 사람이다. 쑥떡을 만드는 것은 힘든 수고와 상당한 수고비를 지불해야 하는 것이다.

처음부터 끝까지 일임하여 만든 쑥떡은 믿을 수 없는 구석이 있기는 하다. 쑥이 귀하니 쑥갓이나 푸성귀를 섞어 만드는 것인지 확인할 수 없는 현실이다. 쑥떡을 찌는 사람이 모두 그렇다고 매도하는 것도 아니다. 준비해놓은 쑥이 부족하여 어쩔 수 없어서 일부는 다른 재료를 섞어 만드는 일도 있다는 변명이다.

그러니 나는 힘든 수고와 비용을 지불하고 만든 쑥떡이었지만, 가지고 가다가 '조금 있으면 나누어 줄 수 있어요?'라는 말을 들었었다. 어차피 자녀 결혼에 참여한 분들에게 나누어 주겠다는 목적이었으니 별 문제도 없는 것이다.

한 덩어리를 주어도 아깝지 않다는 해석이다. 그런데 옆에 있던 사람들이 이구동성으로 하기를, '자주 나누어 먹는 것이 흔한데, 웬 쑥떡!'이라며 나도 나도 나누어 달라고 애걸하였다.

까짓것 흔하던 떡을 대수롭지 않게 믿었다가 쑥떡이라니, '자던 중도 떡 세 개 먹는다.'라는 말이 맞는 말이다.

수고를 하지 않았더라도 공평하게 분배받아 먹는 것이라니 누구와 누구를 가리지 않고 공정한 분량이 돌아간다는 속담이다.

그래도 떡을 남겨왔지만, 귀한 떡을 조금 전에 주었으니 아무렴 조금은 서운하지 않겠는가. 아파트에 도착하는 순간에 파지를 모으는 사람과 눈이 마주쳤다.

내가 어떻게 도와줄 것인지 잠시 머뭇거렸다. 그래도 자동차의 트렁크에는 무엇이라도 들어있을 거야 생각하니, 정말 조금은 나눌 수 있었다. 차를 현장에서 즉시 멈추고, 뛰어가서 전달해주었다. 물론 파지 수집자는 고맙다고 연신 인사를 하였다.

그러니 마음이 흡족하였다. 돌아와서 정해진 자리에 승용차를 놓고 집으로 들어갈 차례였다. 성경책과 남은 쑥떡 상자를 들어보니 자동차 문을 닫는 것과 키를 잠그려는 것 등 두 손이 부자유스러웠다. 떡이 눈에 들어온 것은 내가 언제 어떻게 행동을 해야 할 것인지 당면 숙제다.

배려와 위로

그러면 까짓것 한 덩어리를 전달해주어야 한다는 사명감이 일었다.

교회의 성가대에서 봉사하던 사람들이 떡 좀 달라고 했으며, 무조건 다른 요구를 대지 말고 건네야 하는 사람들이었다. 내가 노래를 부르지 못하고, 기도하면서 리드하지 못하고, 호소력이 있는 목소리도 좋지 않고, 재치 있고 언변도 능숙한 것이 없다는 사실이다. 그러니 나는 먼저 무조건 받는 사람이고, 이제라도 무조건 주어야 하는 사람이다.

그런데 파지 수집자와는 어떤 관계일까?

정말 안면식도 없는 사람이며 언제 어디서 다시 만날지 약속할 수 없는 사람들의 관계이다. 그러니 그냥 주면 그것으로 끝이 나는 사람이다.

그러나 갈등은 없었다.

나는 부리나케 쫓아갔다. 여기저기 찾아보아도 보이지 않고 만날 기약이 없는 처지에다가, 벌써 100m 정도를 뛰어다녔다.

'점심 먹었지요? 출출할 때 이 간식 좀 드세요.'

간식? 점심시간이 되었는데 간식이라니!

점심시간 때에 벌써 파지를 싣고 가는 사람이라면 분명 점심밥을 먹지 못했다는 것이 확실하다. 그러나 내가 건네는 떡을 '간식이 아니라 주식'이라는 말은 할 수 없었다.

먹는 사람도 체면이 있지, '떡이나 먹으면 진수성찬'이라고 위로한다면 체면을 구겨놓고 밟아버린 셈이다. 또 주는 사람도 체면이 있지, '나는 네가 애처롭고 불쌍하여 요기를 때울 방안을 적선하는 사람'이라고 거들먹거리면 체면을 구겨 업은 자가당착이다.

시래기의 위상

초목근피로 생계를 이어온 시절은 시래기를 먹기 전에 푸성귀를 먹기도 모자라니, 돌아온 귀환의 시절이 지금은 아니다. 그러나 먹을 만하다면서 저장하고, 재생하여 변신을 꾀하는 것이 바로 시래기의 귀환이다.

많은 사람들이 쓰레기라고 부르기도 하지만, 어찌하여 귀한 시래기를 쓰레기라고 부르는 것일까. 단지 발음을 하기 좋으라고?

시래기는 밑뿌리를 제외하면 윗통 즉 무의 우듬지가 버려지는 쓰레기성 푸성귀로 남는 것이다. 그래서 그냥 버리는 사람들 즉 배가 부르는 사람들이 시래기를 쓰레기라고 착각한 순간에 고정된 이름이 붙여진 것이다.

그래도 푸성귀 쓰레기가 시래기로 변신하여 식탁으로

돌아온 것은 귀한 귀환이다. 버릴 것이 없고 모두 재활용할 수 있는 식재료이므로 발명 특허성 산삼의 푸성귀인 셈이다.

비타민 A, 비타민 C를 포함하여 칼슘과 나트륨, 미네랄도 안고 있다. 골다공증에 예방효과가 탁월하며, 콜레스테롤의 저하를 통하여 동맥경화까지 방어하는 전천후 상비군인 셈이다. 또한 노폐물을 배출하는 중요한 기능까지 많아서 변비증상에 처방이 되니 대장암에 예방작용도 충분하다.

금상첨화!
과연 시래기의 귀환이 정답이다.

그러면 초봄 올라온 쑥이 겨울 추위를 견뎌낸 몫으로 귀한 쑥이 되었으니, 흔하디 흔한 풀 꼴에서 진수성찬으로 변신한 귀환인가. 아니면 하찮은 종이가 재활용하여 귀한 자물로 변한 처지인가.

사실 어떤 것이 언제 어떻게 귀한 변신한 마술인지, 거듭나서 살아온 귀환인지 따질 필요도 없다.

어원적인 재활용과 변신은 동일한 과정을 거치고 있지만, 원래 습성을 가지지 못한다는 말이다. 금(金)을 채굴하여 조련한다면 원래 가진 성격과 달리 다른 용도로 변한다. 원재료는 같은 분성이지만 조련에 따라 다른 성분으로 재탄생하는 것인데, 탄소가 다이아몬드로 되는 것과 같은 이치다.

7부.

어떻게 살아 왔는가

어떻게 살아 왔는가

나는 사람이다. 사람은 신이 아니라, 불완전하고 미흡한 존재다. 그러니 나는 미약하고 어리석은 사람이다. 그래서 내가 살아오면서 남에게 불편하고 폐를 끼친 것을 잊고 접어두며, 오늘은 말하고 싶은 것을 찾아보고자 한다.

나는 작은 도시 즉 도농복합도시에 살고 있다. 지금까지 보면 물론 중간에 군대와 학교, 직장을 포함하여 일부 근무지에 따라 고향을 떠나 살기도 했었다. 그 일에 대한 모든 것을 일일이 알려주고 싶지도 않고, 모두 알려줄 수도 없는 것이다.

내가 하고 싶은 말은 무엇일까? 무엇을 알려주고 싶은

것은 무엇일까? 나 자신이 겪었던, 오랫동안 기억나는 일도 남은 것이 있다.

15일의 가정교사

딸이 초등학교 고학년이 되면서 공부에 관심이 없어졌다. 그런 것뿐만 아니라 학교가 싫다고 말했었다. 그러니 원래 살았던 곳 같은 대도시에 이사하자고 채근하기도 하였다. 외지에 대한 식견이 없는데 무슨 이유일까를 물어보지 않았고, 그저 공부 좀 잘하라고 말하기만 하였다.

그러다가 중학교에 들어가면서 공부에 흥미를 잃었고, 놀기에만 관심을 가졌다. 고등학교를 생각할 중 3이 되자 다시 이사를 거론하였다. 중학교 졸업생보다 고등학교 신입생 수용 정원이 모자라서 진학에서 탈락하는 수가 남아돌았다. 그러니 입학권에 안전하게 들어가는 지역으로 전출하기를 바라는 것이었다.

그러다가 3학년이 되자 난감해졌다. 전교가 아니고 반에서 27등이라니! 시내 고등학교에 원서를 써주지 못한다는 통보도 받았다. 이제 늦어서 전학으로도 해결하는 방법이 없고, 열심히 노력하는 것이 최선이라는 결론만 남은 상태다.

공부를 할까 망설이다가 3개월이 지나고, 이제 공부할 시한도 6개월이 남은 전부다. 전국의 중학교 3학년 학생 모두가 머리를 싸매고 공부하는 중이니, 늦게 따라잡고 추월하는 것이 가능할까? 그것이 문제다.

그런데 딸은 선생님이 집중 추적 중이며 견제가 발생하였다. 처음부터 믿지 않고 있었는데, 최근 평가 시험에서 부정행위가 있었는지 증거를 찾겠다고 집중 감시자가 따라붙은 것이었다.

다음 시험에서 확인 된 것은 연거푸 성적이 너무 올라

상위권에 들었다며, 부정행위가 없다는 것을 확인한 결과 표창을 수여하기도 하였다. 3개월 공부에 무려 전교에서 200명이나 추월하였다니, 학교에서 발굴한 신기록이라고 칭찬하였다. 아니 조금 더 일찍 시작했더라면...

어쩌다 이런 일이 있었을까.

나는 아이에게 공부하는 모습을 보여주면서, 꾸준히 그리고 급하면 열심히 노력하라는 말 대신 시범을 보인 것뿐이었다. 틈틈이 막힌 곳을 지적하고 지도한 결과 만족한 결과가 나왔다.

간혹 그리고 어쩌다 희망이 보인다는 것이 아니라, 이렇게 하면 꾸준히 가능성이 보인다는 실감을 할 수 있었다. 진학담당 겸 담임선생님이 비결을 확인 해본 결과 인색한 칭찬을 버리고, 한바탕 과잉 칭찬 잔치를 벌였다. 중3의 학부모가 과연 단기간 자체 가정교육을 그렇게 시킬 수 있었는지, 선생님은 자신도 모르는 비법을 터득하였다는 사실에 칭찬을 한 것이다.

그러나 선생님의 우려는 '성적이 꾸준히 계속해야 하는

데, 혹시 고르지 못하고 등락폭이 심하면 고입시험에서 장담할 수 없다.'고 핑계를 댔다.

그 후 대학에는 수시로 합격하였다. 물론 수능 시험 성적에 의해 카트라인을 넘어섰다는 전제 조건이다. 그러나 나는 공부에 목숨 걸고 하라는 말은 주문하지 않았다. 일부 즉 목표를 정한 사람들 그리고 달성한 사람들은 떵떵거리며 살지만, 그것이 진정한 사람의 본분을 지킨다고 보장할 수도 없는 것이다. 어떤 이는 국가를 팔아먹고 혼자 치부하는 매국노가 되고, 국민을 팔아먹는 매민노가 되고, 기업을 팔아먹는 매기노가 되고, 민생을 팔아먹는 매생노가 되는 경우가 많다.

그래서 나는 아이들에게 반드시 공부만 하라는 말은 아니며, 최소한 사람의 도리는 하라는 주문을 한 것이다.

스승다운 교사론

학업 중심의 가정교육?

정말 학부모 혼자서 가정교사로 나선 것이 가능한 일일까?

나는 공부 중에 과외비를 지불하고 공부한 경험이 없는 사람이다. 그러나 초등학교 시절에 입시를 겨냥한 무료 과외를 받은 적은 있다.

전에는 모든 입시가 전형을 치러야하는 시절이었다. 따라서 중학교 입시를 포기한 사람들을 모아 비진학반으로 별도 편성하기도 하였다. 그러나 내가 6학년 때에는 이례적으로 비진학반 제도를 없애면서, 6학년 7반이라는 남녀 혼합반을 시범운영하였다.

전교적으로 유명한 별명을 붙여주면서 놀림을 당한 사람이 생겨났다. 남녀 아이들이 기피하였고, 담임선생님은 비진학반 담당이라는 불명예를 탈출하자고 선언하였다. 그 당시에도 과외 금지가 생겨났는데, 교사는 절대로 과외를 시킬 수 없는 처지였다.

그러나 공부 좀 하겠다는 아이들을 모아놓고 비상을 걸었다. 또 불법도 아닌 과외 지도가 아니라, 학생 자체가 공부하라는 명령을 내린 것이다. 수업비는 절대로 받지 않을 것이고, 그것도 공식적으로 교사들이 숙직을 하는 곳에 모이라는 과감한 시도였다.

아이들도 그런 지도에 감동하여 열심을 냈다. 그러다 선생님이 처벌을 받는다면 모두 일어나서 무죄를 주장하며 탄원을 제출하자는 결의도 하였다.

그래서 내가 가정식 과외 수업 비법을 터득한 점이 있었을까? 한마디로 나는 정답을 모르겠다.

그때는 공부를 잘 하는 아이가 반장이라는 법이 있었는데, 정말 그런 것만은 아니었다. 6학년 때에 갑자기 편입한 아이가 있는데, 시험보자 반에서는 성적이 최고였다. 정말 반장을 뺏길까봐 불안하였으나 결과적으로는 지켜냈다. 그러한 불문율을 어기는 것에 미안하였고 또한 안심을 한 사람은 나였다.

법이 성문으로 구성된 법인데 불문율도 법이라는 것도 들었다. 이번 문제를 놓고 언제 어떻게 적용할 것인지, 고민하다가 미적미적하다가 내려놓은 것인가 보다.

불안하더라도 떳떳하며 양심에 저촉되지 않는 다는 자신감으로 실행했던 선생님이었다. 그러나 우리가 졸업한 후 담임선생님은 교직을 떠났다. 뒷담화에 의하면 사업에 관련한 터닝포인트로 여겼던 것일 게다. 아니면 정말로 고금산 선생님이 교사 과외에 연루된 유일무이한 시범케이스였을까?

아직도 제자 사랑을 실천한 무죄이며, 사람을 위한 성선설을 보여주는 선생님이라고 믿는다.

포부 그리고 지우학

중학교에 들어가서 보니 군계일학(群鷄一鶴)을 꿈꾸며 모여든 사람들이 대다수였다. 그러나 나는 시골 출신이라서 꿈이 없고, 희망도 미루며, 그저 막연한 목적을 위하여 평범한 공부를 소망하는 사람이었다.

딴에는 공부 좀 했다는 자부심이 있었지만 어느 날 계산해보니 셀 수가 없어 까마득했다. 그러던 3학년 어느 날 국어교과서를 가져가지 못했었다. 다른 과목은 그렇다 치더라도 국어만은 자신 있다고 여겼는데, 학교에 책도 없이 왔다니! 낙심이다. 그날 옆에 앉은 짝의 책을 보라고 하였다. 그러나 나는 듣지 않고 고개를 꼿꼿이 들고 있었다.

'국어가 자신 있는데' 하면서, 그보다 네 책을 본다면 체면 덩어리였을 거다. 그 친구는 쉬는 시간에 항상 찾아 놀면서도 공부는 전교 1등이었다. 남들은 그런 아이들과 같은 책상에 앉아 공부하는 것이 영광이라고, 아부하거나 점수 좀 따보자고 아양을 떠는 형편이다.

그는 바로 고등학생 때 전국 수학경시대회에서 1등을 한 수재였으니, 내가 사람을 알아내지 못한 불찰이었다. 내가 국어는 자신 있다고 믿었는데 무엇을 남겼을까?

그러니 사람이 살아가면서 체면과 허세에 눌려가는 것은 정말 바람직하지 못한 처세라는 것을 느꼈다.

고등학교 3학년 통학을 할 때, 통금이 해제되면 바로 일어나 뒷동산에 올라가 하루를 다짐하기도 했었다. 그리고 아침밥을 먹기 전에 가마니 한 닢을 짰다. 예전에 부모님이 형편을 꾸려왔다는 것을 알자 미안할 뿐이며, 지금은 연로하셔서 안타까움뿐이다. 그저 묵묵히 일상을 실천하였다.

그러나 대입에서는 빠른 특차와 국립 정시 시험에 통과하지 못하였다. 어렵게 발견한 것은 중간 준특차였다. 마지막 호기(好機)는 바로 출신 학교에서 추천하는 성적 10% 학생에게 장학금을 준다는 문구였던 것이다.

기대를 안고 천리 길을 달려 원서를 신청하였으나, 고등학교의 확인서를 써줄 교사가 한 명도 없었다. 지금이 입시철인데 비상 대기조도 없고 연락할 곳도 없다니 참으로 한심하였다.

선부른 이립

교사에 향한 원망, 교사에 대한 지난 회한을 되새겼다.

그간 입시 추천과 진로 상담, 인생 상담이 전혀 없었다는 것, 장학금 수혜 기회를 자신의 안일(安逸)로 박탈한 행위는 정말 한탄스럽다. 그러면 내 실력으로 합격을 보여주겠다는 희망 뿐, 눈물을 씹어가면서 돌아섰다. 공립 인문계 학교를 졸업하였으나, 교사라는 단어를 통틀어 미련까지 반감(半減)하였다.

내가 너무 고얀 심뽀였던가?

요즘 같았으면 진로 상담과 성적 상담은 수시로 벌어지고, 마음에 들지 않고 조금만 부족하여도 교사 성토가 빗발칠 것이다. 한편, 학생 스스로도 탐구하며 학부모의 의사대로 따라가는 명견만리(明見萬里)일 것이다. 나도 나 스스로 선택한 진로였다면 할 말이 없다.

전교 성적을 게시판에 붙였으나 반에서 관심이 없었고, 최종 졸업성적이 10%는 물론 절반에 절반까지 들었다는 소식을 전한 사람은 바로 경쟁자 친구들이었다. 훗날, 나는 도전해볼만한 특차와 정시에서 왜 떨어졌을까 생각도 해보았다.

그래서 나는 그저 내부용이라서 국제적 혹은 전국 경쟁용이 아니라는 범생(凡生) 실전이었다는 결론을 냈다.

정말 그럴까?

같이 다니던 학교의 학생이 전하는 말로는, 아는 학생과 같이 시험을 보았다가 떨어진 후 다른 대형 유수 대학교에 합격하였다고 했다. 역시 그것은 그 사람의 운명일 것이다. 그리고 나에게는 내 운명(運命)이며 안위(安慰)다.

교사에 대한 반감(反感)이 표출되면서 학교에 적응하기 어려웠다. 수시로 치르는 열역학 과목을 '000에 대하여 기술하라, 000에 대하여 논하라, 000에 대하여 설명하라' 등의 시험이었다.

열역학? 열이 무엇인가! 열 받는다는 말을 들었고 본 적이 있는가?

학교에서 치르는 첫 시험인데 어렵다는 생각이 들었다.

그러자 풀다가 끝을 맺지 못하고 넘어가고, 다시 풀다가 마무리하지 못하고 넘어가는 식이었다. 시원한 답을 적지 못했고 중간에 매듭짓지 못했다.

학생 앞에서 공개되는 성적은 0점이란다. 그것도 나 혼자뿐. 창피스럽다.

그러나 과정에 대한 평가가 필요하지 않는가? 한국식 시험이라서 과정을 무시하고 결론만 내놓으면 장땡이라는 식이면 심하지 않느냐며 주장을 하였다.

그러나 시험인데 그것도 주관식 출제자 마음이니 역전

할 수 없는 문제다.

그 뒤 열역학 종강 시험장에서 일찍 마치고 나가려고 일어섰다. 지금까지 돌아본 시험이 열 받았었는데, 벌컹 벌컹 수돗물을 한 모금 마시면 열이 식히는 과목이다. 그런데 멀리 떨어진 동료가 자애로운 눈초리로 쳐다보았다.

그는 주경야독(晝耕夜讀)에서 국립은 야간반이 없다며, 주독야경(晝讀夜耕)으로 변한 성실맨이었다. 그러나 열심히 하고 성실하게 했지만 온건한 평가를 하는 사람조차도 없다. 그럼에도 나이도 세 살이나 많으니 평소 내가 존경한다고 공공연히 밝힌 상대자였다.

나는 다시 주저앉고 한참 있다가, 텔레파시를 보냈다. 그래도 시험장을 가장 먼저 나갔다.

키가 작지만 구레나룻이 트레이드 메이커인 열역학 담당 교수님이 거론하였다. 첫 시험에서 혼자 0점을 받은 사람이 마지막 시험에서 혼자 100점을 받았다고 말이다. 그런데, 내가 존경한다고 호언한 사람도 100점을 받았다는 공표를 들었다. 아니 이처럼 어려운 말을 어떻게 해석해야 할 것인지 모르겠다. 혼자 100점이라더니, 또 다른 사람도 100점이 나왔다니.

토끼와 거북이의 경기처럼 하고 싶은 말이 없기도 하다. 하긴 하고 싶은 말은 있지만, 어떤 경우라도 말을 하면 안 된다는 상황일 것이다. 40년이 지난 후 둘은 통화를 하였다. 그러나 둘이 녹화하여 가슴에 보관하였으나 다시 반추(反芻)해본 사람도, 삭제한 사람도 없다.

새옹지마

정말 이럴 수도!

졸업과 함께 대두된 것이 국가공무원 모집공고였다. 당시 기억으로는 3급, 4급, 5급 공무원 공채였다. 요즘으로 환산하면 9급, 7급, 5급에 해당한데, 결강 없이 매일 7~8시간씩 전교생이 공부한 학생으로, 4급은 자신 있지만 인기 없는 직장에 응시하기도 그렇고 3급은 어렵다면서 머뭇거렸다. 대세는 기업에 대한 희망과 기대가 한껏 부풀어진 분위기였던 때문이다.

만약 4급에 합격하였다면, 군에 가더라도 직장이 보장되고 일정 보수도 계속하여 지급되었으니 현재 추정하면 대박이었을 것이다. 그러나 한순간 판단으로 도전해볼만한 특차와 정시에서 왜 떨어졌을까도 생각해보았다. 이것이 바로 비운(悲運)의 운명이라고 해야 하는 것인지.

한편, 군 입대 소집영장이 두 종류나 날아왔다. 처음에는 병 소집이었고, 송별회도 마친 뒤 두 번째는 육군 장교 소집이었던 것이다. 친구가 어디서 구했던지 소식을 전하는 장교 모집이라면서 같이 응시를 하였으나, 나는 특차에 불합격한 것을 만회한다는 각오로 임한 결과였다.

나는 장교후보생에 합격하였고, 전단을 구해온 친구는 떨어진 후 초대형 기업체에서 대체 병역특례를 받았다. 그 친구는 퇴직 시 연봉 1억 원이 훨씬 넘는 대박이었으니 미래를 펼치는 새옹지마(塞翁之馬)다.

기대와 수포

장교는 근무연한이 3년이라던데, 교육기간이 36주라면서 별도로 정해놓은 의무였다고 하였다. 교육기간 36주가 장교 기간 36개월에 포함된다는 것이 일반상식이고, 일반 병이라도 교육기간은 복역 의무 기간에 포함되니 전국민 상식이다.

그러나 정말, 이럴 수가!

게다가 임용일이 3월 4일인데 만기 전역이 3년 뒤 3월 31일이라니 말이 좀 심하지 않은가?

친구는 전화위복(轉禍爲福)인데 나는 설상가상(雪上加霜)이었다.

임관한 공병장교의 주 임무가 건설이었다. 첫 해는 자체 인력으로 20여 동의 건축물을 세웠고, 다음은 용역으로 1년에 100여 동씩의 건물을 세웠다. 어쩌면 수량으로 신기록일 것이지만, 실력이 아니요 기술이 아니며 장비가 좋은 것은 아니었다. 연거푸 발생하는 미사일 부대 창설과 야포대 창설에 따라, 중대장이 200여 동의 건물공사 감독을 그리고 나는 총괄 참모역의 귀한 경험이 산 지식이 되었다.

그래서 전역한 후에 기업체의 건설직에 지원하였다. 그러나 전공이 기계인데 어찌하여 건설을 지원하였는지 하는 우려 속에서 기피 대상이었다. 당시 공병장교에 응시한 기계와 전기 전공자를 허락한 제도였었다. 그러나 첫 적용한 사례를 모르는 면접관은 엉터리 지원이라고 추론(推論)하였을 것이다.

이리저리 나대지 말고 섣불리 뛰지 말라며, 한 우물을 판다면 주마가편(走馬加鞭)이라며 격려하고, 일편단심한 방향으로 탐구하기를 바랐는지도 모르겠다.

셋방살이 도전기

나는 1982년 4월 10일 결혼하였다. 첫 직장에 입사한 것이 1981년 6월 8일이니, 10개월 후에 결혼한 셈이다. 그런데 결혼기념일이 무슨 뜻인지 잘 모르겠고, 남편이 아내에게 거창하게 기념식을 해야 하는지도 전혀 모르는 사람이다. 단지, 오늘이 결혼기념일이구나! 누가? 너와 나의 사이에! 하는 생각을 하면서 잊지는 말아야지 하는 정도였다.

그런데 달셋방 단칸에서 시작하였다. 현재 수준은 허름한 원룸이다. 거기서 공동 수돗가와 공동 화장실을 같이 사용하니 열악하기는 하다. 게다가 수도요금을 인원 수대로 분배하고, 전기요금도 분배하는 방식이었다.

하필 주인은 전력계량기를 검침하는 사람이라며, 전기에 대해서는 전국 최고 전문가라면서 말을 막았다. 전기요금 고지서를 한 번이라도 보여준 적도 없었고, 수도요금도 분배 할당량을 수금하는 뿐이지만 보여준 적도 없었다.

그런데 주인 외에 세입자가 6가구인데 그나마도 막무가내에 대항하는 사람은 나뿐이었다. 여름 뜨거운 열에 구워진 알스래브를 이기는 방법은 없다. 그러면 아침 출근 전에 미리 물을 뿌려서 식혀놓는 것이 전부였다. 자정을 넘어 담을 타고 들어오는 소리에 '잠 좀 잡시다!'하고 맞받아치는 사람도 나뿐이었다.

말하자면 사람 사는 도리에 맞춰 살아보자는 심산이었다. 잘못 한 것에 대하여는 인정하고 잘못을 용서구하는 것이 도리다. 반대로 잘못한 사람이 정당하다고 주장한다면 그것에 대한 반대논리를 펴는 것이 마땅하다고 믿었다.

그럼에도 그런 주장을 항상 펼치기도 어려운 것이 인생사다.

새내기 직장생활

결혼식을 한 후 직장으로 즉시 복귀하였다. 거처는 바로 앞의 달셋방이었고, 복귀한 날 즉시 연락하여 오늘 간부들이 바로 방문하도록 요청하였다.

적게 오면 대접하는 사람은 부담이 적어서 좋고, 갑자기 모인 사람들이라면 선물을 안 만들어도 좋다는 이론이다. 그래서 기대에 부응하셨을까, 오신 간부들이 그냥 빈손으로 방문하셨다. 아쉽거나 서운하다는 생각이 추호도 없이 바쁜 날이었다.

첫 시련

나는 입사와 결혼 그리고 처음 맞는 간부들의 응대에 대할 겨를도 없는 신출내기였다.

며칠 후, 한 분이서 조용히 물어보았다. '그날 그 자리 걷어서 조마한 축하비로 전달하였는데, 받았느냐?' 하셨다. 결혼 축의금도 받지 않았으며 막상 당일 축하비도 안 받았으면서 받았다고 할 수도 없어서, 아직 못 받았다고 대답할 수밖에 없는 상황이었다.

몇 달 후, 대표로 전달하기로 되었던 사람이 선물을 주었다. 미국산 T/INV였던 전자계산기로 생각난다. 미국산은 자동차처럼 디자인이 투박하고 소자도 빡빡하여 세게 두드려야 하는 기기였다. 고맙다고 대답하였지만, 사실 정당하고 당연한 것이 아니겠는가. 딴으로는 있어도 되고 없어도 되는 것이며, 상호 의견이 다르지만 마찰이 없으면 그만이라는 생각이었다. 얼마이며 언제 샀느냐고 물어볼 필요도 없는 것이다.

그러나 사용하는 전자계산기는 얼마 지나지 않아 없어졌다. 분실한 것인지 어디에 놓고 찾지 못한 것인지도 모른다. 아예 그런 일이 있었다는 것 외에 관심도 없다. 다시 말하지만 잘못 된 것이라면 인정하고 시정하면 좋고, 권리를 주장하면 그것이 정당하다는 논리다. 그럼에도 불구하고 접어두고 넘길 수 있다고 믿으면 바로 베푸는 배려가 될 것이다.

또 다른 시련

다음 두 번째의 일이 기억난다.

내가 회사 컴퓨터를 도입하는 담당자로 정해졌다. 작은 회사인데도 컴퓨터를 적용한다는 의도이니, 정말 앞서 나가는 파이어니어였던 것이다. 매일 컴퓨터운용 작성법을 포함하여 프로그램에 여념이 없었다. 그러나 실제 부딪혀보니 생소한 프로그램이라 진도가 '지척이 만리'였다.

나는 먼저 신입사원 교육을 포함하여 실전에 적용시킬 『이론과 실제』라는 소 책자를 만들었었다. 1983년 경 그러니까 회사에서도 첫 사례이며, 나 혼자 만든 것이다. 정말 명견만리였을까?

어떻게 어떻게든 컴퓨터 도입이라는 목적은 달성하였고, 완료 기념으로 컴퓨터 공급처는 나에게 개인용 퍼스널컴퓨터 본체를 선물하였다. 고마운 것은 고마운데 부속기기가 없어서 어찌 사용할지를 모르고 있었다.

공급처를 지정한 사람은 내가 아니라, 최고 경영자 즉 사장님이 사전 컨택을 마친 후 지정하신 것이었다. 그러니 나에게 잘 보일 것도 없고 가격을 흥정할 것도 없는 거래처다. 근무하다가 버스를 타고 한 시간 달려온 학원, 저녁을 굶고 배우는 정성이 갸륵하여 순수한 마음으로 선물한 것임이 분명하다.

그러나 가지고 있는데 사용하지 않다보니 회사의 간부 한 분이 요청을 하였다. 마침 자기가 컴퓨터를 배우려는 참인데, 컴퓨터를 사용하지 않으면 몸체를 빌려달라고 말한 것이다.

내 형편을 잘 아는 사람인데, 자기는 주변기기만 가지고 있으면서 컴퓨터를 배우려고 한다는데, 나에게 컴퓨터를 사용하지 않으면 본체를 빌려달라고 한 것이다. 결론적으로 말하면 그냥 달라는 것과 다름없다.

그래도 나는 그냥 그러자고 말했다. 선배가 아니 호랑이 같은 간부님이 말씀하시는데 어찌 거역을 할 수 있겠는가. 나는 퍼스널컴퓨터에 관심이 없으니 그렇게 하자고 승낙한 것이었다. 만약 필요한 사람이 있다면 그것을 활용하여야 국가적인 이익이며, 개인적으로도 발전을 도모할 수 있을 것이라고 믿는 사고방식(思考方式)이다.

빌려준 물건은 언제 돌려받았을까?

그것은 그 사람이 퇴사하고도 받지 못했다. 그 대신 그는 고맙게도 나에게 근무 평가결과에 좋은 점수를 주었다. 혹시 내가 빌려준 물건 대신 상계한 값일 수도 있다. 그러나 회사의 중요한 문제를 해결했다는 수고를 인정하고, 부여하는 대가가 당연하지 않을까? 그러니 뇌물이 아니었고, 그 값은 아직 까지 반납하지 않았다고 해야 맞을 것이다.

시련을 넘어뛰기

세 번째 사건은 어떤가.

추석 직전에 선물을 받았다. 당시 상거래의 흔한 선물이었다. 직접 받은 것이 아니고, 회사의 거두(巨頭)가 전달한 것이다. 고맙고 고마운 선물이다.

그런데 추석이 끝난 후 거래처의 대표를 만났는데, 거래처의 대표가 직접 물어본 사태다. 언제 어떤 것인지 모르기 때문에 나는 있는 사실대로 말할 수밖에 없는 것이 정답이었다.

그러자 거래처 대표는 다르다며 실망하였다. 나에게 그리고 거두에게 실망하는 것이 아닐까? 또한 회사에게도 실망하는 슬픔은 없을까?

추석 선물을 다시 전달하는 형식이 되었다. 학교의 15년 대선배이니 새까만 후배에게 격려차원의 선물이라고 했다. 크든 작든 성의가 녹아있으면 그저 그만이다. 그러자 나는 배달사고를 당한 입장이지만 회사에 대하여 미안한 마음이 일었다.

회사는 작지만 2층 건물이었다. 그런데 반 지하가 있어서 사무실은 3층을 올라야 하는 구조였다. 여름 날, 아침부터 뜨거운 볕이 쏟아지니 땀이 나고 다리는 퍽퍽하여 힘에 부친다. 혼자 터벅터벅 걸어 올라가는데, '왜 이리 힘이 없냐?'하는 소리가 들렸다. 그리고 '야! 힘 좀 내라!' 하며 응원도 있었다.

부모도 아니고 친구도 아니고, 남의 얘기지만 듣고 보니 맞는 말이다. 그런데 누군지 돌아보지도 않고 올라가는데, 이제는 실전 응원이었다. 그냥 뒤따라 올라오는 사람이 등을 밀고 올라왔다.

마지막 계단을 올라 한 마디 응수하려고 돌아보았다.

아뿔사! 왜 이런 일이!

사장님이 내 등을 밀면서 응원하고 격려하며 힘을 더해 밀어붙이다니. 사장은 회사에서 키가 가장 큰 사람이며, 나는 가장 작은 사람인데... 한국의 KS에 독일유학까지... 일본어와 영어까지... 게다가 러시아어를 공부하겠다니... 나는... 작고 작은 사람이니 벙어리 냉가슴이다.

나는 사장 앞에서는 사족을 쓰지 못했다. 사장님이 직접 느낀 경험을 실전 교육용으로 설명까지 하셨으니까.

사장님의 구매에 관한 얘기다. 당시 계획과 보고라는 절차를 거쳐 집행하는 것이 통례다. 그러나 긴급용 대처에 따라 선조치 후보고라는 예외를 적용한 사례를 전해주었다. 만약 선조치한 판단이 잘못 된다면 자신이 책임지고 처리할 것이라는 소신이 있어야 한다고 말했다. 그때 선지급한 대금은 본인이 사비(私備)로 직접 해결해야 한다는 조건이다.

그러니 내가 받은 선물이라 하더라도, 내가 잘못된 선

택이었다면 내가 직접 처리한다는 신념이 따르고 있었다. 다시 말해 내 행동에 대하여 나는 자신이 있다는 소신대로 살겠다는 것이다.

내가 손 벌리는 것은 잘못 된 행동이며 회사에 피해를 끼치고 나에게는 명예를 버리는 것에 지나지 않는다는 소신이다.

시련을 뛰어넘을 수 있는 사례를 배운 셈이다.

시련에 대한 도전기

위에서 든 사례를 실전으로 경험한 예도 있다.

여름 하기휴가 동안 다른 사람들이 쉴 때, 설비 증설에 따른 전력을 증강시켜야 한다. 총 금액이 적은 관계로 기존 사업자를 기초로 업체조사를 실시하고, 견적을 받았다. 세부내역을 첨부하고 검토한 결과 적합하였으니, 휴가 때에 실시할 수 있도록 사전 보고를 마쳤다.

공사가 끝났고 휴가도 지나자 비상이 걸렸다. 보고된 금액에 오류가 있다며 제동을 걸었던 것이다. 타이트한 금액이며 최소한의 비용으로 할 수 있다고 자신하였는데, 노무비를 전액 삭감해야 한다는 날벼락이 떨어진 것이다. 정당하며 합당하다고 어필하였으나, 절대로 인정할 수 없다는 말이니 내가 부적절한 판단이었다는 의도가 보인다.

억울하여 재차 따져보니 허망한 정보였다. 말하자면 공사는 재료비와 노무비가 포함되며 일반관리비와 이익 등을 합하여 최소한의 금액을 인정하는 것이 원칙이다. 그러나 회사의 간부 의견은 노무비를 전액 지불하지 못한다는 의견이다.

어디서 근거가 나오냐고 물었다. 답은 명답이었다.

회사 전기 전문가에게 가장 저렴하게 산출하라고 지시하였더니, 전문가는 회사 자체 인력을 활용하여 공사를 할 경우 노무비를 전액 삼각시켜야 한다고 보고한 것이다.

그러면 휴가 동안 공사를 한 사람은 누구인가? 회사 자체 인력인지 아니면 공사에 투입된 무상 공급 혹은 자원봉사자인가?

회사의 고급 간부는 한 마디로 거절하고, 공사비 중에서 노무비를 지불하지 않겠다고 말했다. 이런 세상에! 그러면 어쩌란 말인가! 이미 사전 보고를 마치고 승인을 받았으며, 공사도 끝났으니 남은 것은 단 하나, 대금뿐인데.
공급자와 회사가 약속한 것은 세부적으로, 나와 공급자 둘 뿐이다. 나는 펑크 난 노무비를 개인 비용으로 무조건 즉각 지불하였다. 공급자에게는 전혀 다른 이유가 없었으니, 통사정하거나 조금이라도 줄여보자고 사정하지도 않았다.

생각해보면 회사 체면이 형편없이 구겨지는 상황을 막아보자는 셈이었다.
사장님께 개인적으로 사사(私師)를 받은 공동의 일, 긴급하면 그러나 공명정대한 판단을 하여야 한다는 주문이었다. 그러나 되돌리지 못한다면 선조치 후보고한 결과에 대한 책임을 져야한다는 것이었다. 잠깐, 이번 건은 사전 보고를 한 것인데 어찌하여 이런 사태가 벌어졌단 말인가.
전기 전문가라는 사람이 주장하는 내용 즉 '내가 한다면' 이런 말은 맞지 않은 실례다. 그리고 그 내용을 그대로 받아들인 간부의 일은 어불성설이다.

나의 주장

네 명의 4대 거두께서 하나씩 다른 주장을 하고, 내가 어필하며 정당한 의견을 비치더라도 혹은 전혀 트집을 걸지 않아도 막무가내가 있었다는 예다. 그의 의견이 완전무결이 아니라는 것은 본인도 알 것이다. 그런데도 어찌하여 그것을 철회하지 않았을까? 나는 모르겠다. 그분들과 나는 다르기 때문이다.

사실 벌어지는 모든 일들이라 하더라도 어불성설(語不成說)로 계속하여 진행되고 있는 것이 현실이다. 내가 시키면 시키는 대로 하라는 것이 바로 작은 법이다. 비약하면 '억지 춘향'이다.

내가 언급한 사례, 즉 내가 생각하는 사고방식은 공명정대한 것을 실천하겠다는 것이다. 살다보면 불완전하고 미련한 자로서 잘못 한 일이 많은 것을 느낀다. 사람이라면 잘한 것보다 잘못한 것이 더 많을 것이다.

똥 묻은 개가 겨 묻은 개를 나무란다는 말이 있다. 똥 묻은 사람도 겨 묻은 사람을 나무란다는 말로 빗대면, 어느 누구든지 남의 허물을 발견한다는 뜻이다. 그러니 유식하다고 구시렁거리지 말고 '자신을 알라'는 뜻이다.

내가 부족하더라도 내 양심을 뒤집어놓고, 다른 사람에게 좋은 사례가 되면 좋겠다고 다짐해본다. 그러나 실제로 실천을 하지 못한다면, 다른 사람이 할 수 있도록 도와주면 좋겠다고 생각한다.

그래서 책을 최소한 10년 내에 10권의 책을 쓰겠다고 결심을 하였다. 국어교사들과 국문학과 교수 그리고 기독교 목사들이 인정하는, 나의 증언은 아니더라도 이론적인 책으로라도 보여주겠다는 각오다.

오늘은 내가 찾아 밝혔지만 타인이 본 나의 단점을 숨기고 있으니, 참으로 부끄럽기도 하다. 그러나 그럼에도 잘 해보겠다는 각오와 신에 대한 가호를 힘입는다면 가능할 것이다.

8부.

어디서 살까

어디서 살까

길을 가다가 밥 때를 맞추지 못했다면 어떻게 해결하면 좋을까!

나는 배가 고프니 반드시 해결해야하지만, 적당한 식당이 있다거나 빨리 가면 집에서 해결할 수 있을까? 하긴 오늘의 컨디션에 따라 유난히 배가 고플 수도 있고 어쩐지 전혀 배고픈 것을 느끼지 않을 수도 있다.

더구나 특정 병의 증상에 따라 처방에 준한 식사를 반드시 공급해야 하는 경우도 있다. 그러나 오늘의 주제는 제 때에 해결하는 것을 전제로 적어본 것이다.

밥은 어디서 먹을까

내가 하고 싶은 말은 단 하나, 뭐든지 먹고 가야 되겠다는 생각이다. 그러나 혼자 밥을 먹는 것이 불편하거나 혼자 먹는 식당이 없다는 등 마땅치 않은 것을 실감한다. 거기다가 혼자 먹는 밥 즉 '혼밥'도, 한 끼에 비싼 것을 사 먹는 것 즉 '비밥'도 어울리지 않은 것이다.

다른 식당보다 혹은 다른 메뉴보다 맛있는 유명한 식사라고 하더라도, 혼자 느긋하게 먹고 있다고 하는 것도 어울리지 않는 것이다.

본인이 어쩌다 밥 때를 놓친 경우라면 바쁘거나, 어쩌면 돈이 부족하여 푸짐한 식사를 사 먹을 수도 없거나, 적당한 식당이 없어서 찾다가 찾다가 이처럼 배고픈 신세가 되었다고 말할 수도 있다.

또한 내가 선호하는 국밥은 먹을 수 있는가? 지난번에 먹었던 것처럼 처음 먹어본 음식을 다시 먹을 수도 있는가? 내가 시식하여 본다면 다음에 같이 가고 싶은 사람에게 자신 있게 권할 수 있을까? 먹는 것이 관건이다. 사람에게 가장 중요한 것이 먹는 것이라면 최우선 해결해야 할 형편일 것이다.

그러면 나는 어디서 먹을까?

밥은 어떤 것을 먹을까

주제가 '어디서 살까'인데 '어디서 먹을까'와 관계가 있는가?

그러면 쉽게 해결하는 방법은 무엇일까?

손쉬운 방법으로 빨리 해결할 수 있다면 라면이 제격이며 혹은 김밥이라면 모두 수긍할 것이다. 그러면 김밥을 사서 가면서 먹을 수 있고, 남겨 두었다가 집에 가서도 먹을 수도 있겠다. 그러니 김밥은 식당에서만 먹을 수 있는 밥이라는 것은 아니다. 그래서 주제에 맞는 '어디서 살까'가 해결된 셈이다.

그러나 오늘의 소주제는 '어디서 살까'이니, 김밥 한 줄이라도 대형슈퍼에서 살 것인지 마을슈퍼에서 살 것인지를 결정하자는 주장이다. 내가 먹고 싶은 것과 먹고 싶은 만큼의 양을 먹을 수 있다면 적당할 것이다. 거기다 가격이 좋아야 하고 신선도가 좋아야 한다. 또한 한입에 먹기도 쉽고 용이하며, 맛도 적당하거나 생각보다 맛있어야 하는 것이고, 그럼에도 불구하고 보기에도 좋은 것이 좋다는 결론이다.

그러나 대부분 내가 해결하는 방법은 '보름달 둥근 빵'을 선호한다. 그저 초간단 방법으로 빵과 우유로 택하는 방법이다. 실제 먹어보면 빵이 부드럽고 우유에 더하면 그나저나 그냥 술술 넘어가는 격이다. 이보다 식단이 좋을 수 있겠는가.

그럼에도 불구하고 먹고 나면 바로 다시 배고파지는 단점이 있다. 풍성하고 마음도 넉넉하였지만, 먹고 나면 빈약하고 유동식 수준이라 간에 기별도 가지 않은 실정이다.

어디서 살까? 와 어디서 살까!

그러니 빵도 아니고 라면도 아니며 김밥이라면 정답일까?

초간단과 임시방편으로 택한 것이라도 반드시 지불해야 하는 것, 즉 대가를 치러야 한다. 게다가 식사에 관해서는 어떤 메뉴를 선택할 것인지가 어디서 살까와는 무관이다. 어디서 사서, 그 다음에 어디서 먹을까하는 것도 별개다. 아 다르고 어 다르다는 것처럼, 말은 글자가 같더라도 내용적 의미는 달라진다.

내가 보유하고 있는 승용차가 오래 된 상태다. 내 나이보다는 적지만 그래도 승용차 정도라면 내 나이에 버금가는 편이다. 집에서 키우는 개는 15년의 수명이 사람으로 80살 정도라고 보기도 한다. 내 차는 지금 15년이 넘었다. 또한 나는 아직 80이 넘지 않은 상태다.

그러면 '자동차는 어디서 살까'라고 따진다면 어떨까. 지난 번 자동차도 오래 사용했었다. 당시에는 전국 캠페인으로 자동차 '10년 타기'가 번지기 시작할 즈음이었다. 그러나 나는 차에 모르는 문외한이라서 '그냥 10년은 타야지' 하고 시작하였다. 그보다 내가 자동차를 한두 달 타는 것이 아니니 재산이라 셈치고 10년은 기본이어야 한다는 지론이었다.

처음 자동차를 살 적에도 '10년 타기'를 기본 타깃으로 정하고 시작하였다. 그럼에도 자동차는 어디서 살까가 아니라 어떤 차를 살 것인가 혹은 어떤 차를 살까가 주요 관건이다.

그러나 내가 주장하는 주제인 '어디서 살까'는, 자동차에 관한 모든 목적이 결정되고 방법을 선택하였다면 주제 방향이 달라지는 상황이다.

자동차 메이커에 따라, 자동차의 목적에 다른 차종에 따라, 그리고 자동차의 대소에 따라, 혹은 같은 동종이라도 편의사양과 부가 옵션에 따라 달라지는 것이 명확하다. 그럼에도 불구하고 어디서 살까는 명확한 목적지가 결정되는 것이다.

오늘 숙박은 어디로 정할까?

요즘 내가 보는 TV의 프로 중에 '집시맨'이 있다.

집시맨이라는 부류는 일정한 주거를 결정하지 못하는 떠돌이 그리고 유랑과 같은 시절을 지나, 캠핑카를 운용하는 것이 주류(主流)다. 작은 휴식과 거주 특히 이동 중의 이동 수단을 겸하는 방식이다. 말하자면 작은 집을 옮겨 다니고 산다는 사람이라고 본다.

그러면 집시맨은 어디서 살까?

다시 본론에 돌아와서 보면 우리나라 집시맨의 주거지는 차량이 아니라는 말이다. 그들은 본 거주지가 있고, 여행을 마치고 돌아올 장소가 있다는 사람이다. 그러니 그들이 보는 캠핑카는 거주지가 아니라 휴가 혹은 휴식을 할 수 있는 수단이며, 보조 거주지가 되는 셈이다.

집시맨도 '어디서 살까'를 따져보면 본 주거지에서 살아가는 사람이다. 그러니 주제와는 다른 말이라는 해석이다. 정확하게 말하면 집시맨의 캠핑카는 어디로 가서 살까가 정답이다.

또 하나 내가 즐겨보는 프로는 '나는 자연인이다.'이다.

어찌 생각하면 내가 좋아하는 지역이고, 잠시 휴양을 하고 싶다는 지역이기도 하다. 내가 동경하는 곳이기는 하지만, 정작 나에게 그런 곳에서 살아보라고 한다면 곧 불편하고 외로워져서 피하고 싶어질 것이다.

사람마다 다르겠지만 일반인들은 좋아졌다가 바로 염증을 느끼는 것이 현실이다. 그렇게 간절히 원했지만 즉시 이탈하고 싶어질까? 그것은 바로 환상에서 느낀 감정이다.

내가 살고 싶은 곳은

요즘 많은 사람들이 생업(生業)에 종사하더라도 일탈하여 휴식을 원한다. 잠시 모든 것을 잊고 망중한(忙中閑)에 젖어 쉬는 것을 원한다. 몽상에 젖어 머릿속에 그려지는 곳이 나타난다.

내가 원하는 곳, 내가 그려보는 지역, 내가 설계하여 짓고 싶어지는 집, 나를 위하여 가꾸고 싶은 정원 아니면 느끼기만 해도 좋다는 정원 등을 선호하는 것이다. 내가 꿈꾸는 좋은 곳이라면 내가 알고 있는 단 한 곳 무릉도원일 것이다.

할 수만 있다면 본 거주지가 아닌 휴식 주거지가 있어서 마음대로 쉬고 언제든지 다시 돌아올 수 있다면 좋겠다고 말한다.

나는 어디서 살까?

거기에는 조용하면 좋고, 공기가 좋으면 좋고, 바람이 심하게 불지 않아 상처를 받지 않았으면 좋고, 눈이 많이 와도 생활에 불편하지 않는 곳이면 좋고, 전기의 혜택을 받고, 전화와 인터넷을 활용하면 좋고, 망중한으로 TV를 여가 생활로 활용하면 좋고, 필용품과 여가품까지 손 하나 까딱하지 않고 말만 해도 불러들일 수 있으면 좋고, 폐기물 처리나 분리배출도 저절로 해결되면 좋고, 밥 해먹는 것도 귀찮으니 아예 밥을 얻어먹고도 살 수 있다면 좋고...

이런 요구사항이 잘 해결되고 더 이상 욕구 사항을 건의할 필요가 없는 곳이라면 정말 살고 싶은 곳일 게다.

나도 그런 곳에 살고 싶다.

지상낙원이 어디 있을까?

기독교에서는 믿고 따르는 지상낙원이 있다. 그곳은 바로 에덴동산이라고 한다. 그러나 에덴동산은 정말 어디에 있을까. 지명을 네비게이션으로 찾아갈 수 있을까? 전쟁 중인 우리나라의 민통선처럼 명확한 경계를 밝힐 수 없는 곳인가? 아니면 홍길동의 율도국처럼 상상의 공간인가.

성경에 나오는 에덴동산은 떳떳하고 자유롭게 사는 곳이다. 부끄러운 곳이 아니며 모든 행위를 해도 아름다운 곳이다. 그러니 사람이 사는 공간이 아닌 것이 확실하다.

사람이 인위적으로 만든 에덴동산이라면 그에게 대가를 지불해야 한다. 황량한 산악에 터를 잡고 중장비를 동원하여, 내가 원하는 모습으로 만들면 가능하다. 그러나 그러기 위해 정당한 대가를 지불해야 한다. 뭐니 뭐니 해도 사람의 조건을 만족시킨다면 상대적으로 손해가 발생하는 부분이 있으니 거기에 대한 보상을 하여야 한다.

사람이 사는 곳에는 양과 음이 공존하는 것을 알아야 한다. 지형적인 물리적인 현상이 아니더라도 사람 중에 '가는 말이 고와야 오는 말도 곱다.'는 말이 있다. 반대급부에 해당되는 보상이 현실이다.

그러나 에덴동산에는 불완전한 사람이 아니라 완전무결한 사람이 사는 곳이다. 그러니 어느 누가 희생하거나 무조건 기부하여 만든 동산이 아니라는 말이다. 절대자가 사람에게 부여한 특혜요 은혜이다.

에덴동산에서는 먹고 싶으면 먹고, 먹는 것도 귀찮다면 먹지 않아도 죽지 않고 살아가는 사람들이 있는 곳이다. 가히 사람의 세상은 아니다.

그러다 뱀의 유혹을 받았으면서 절대자의 엄명을 거역하고 타락하였던 사람들이 에덴동산에서 쫓겨나게 되었다. 다시 말하면 요즘 사람들처럼 경쟁과 시기 질투가 연만한 곳으로 변하고 말았다.

그러면 쫓겨난 동산 즉 실낙원에서 다시 복원할 수 없는가?

살고 싶은 곳을 만들 수 있을까?

전쟁 영웅 나폴레옹은 '내 사전에 불가능이라는 단어가 없다.'라고 했다.

그러나 사람의 힘으로 실낙원을 회복시키는 것이 불가능한 명제다. 다만 회복이 되지 않더라도 조금씩 잃어간 곳을 복구하는 것은 가능하다. 그래서 정주영이 '시련은 있어도 실패는 없다.'라고 말했다.

조금씩 조금씩 회복시키는 것은 완전 회복이 되지 않으며 언제든지 원복을 닮아 가면 된다는 생각이다. 사람이 죽을 때까지, 내 세대에 회복이 안 되면 대대 후손을 이어가면서 노력하는 사람의 도리와 의무감에서 만족하다는 의미다.

사람이 살아가는 동안 병을 벗어나지 못하고, 원천적인 유전과 원하지 않는 사고로 불구가 되기도 한다. 그러나 그럴 때에도 '그래도 다행이다.'라든지 '이 정도면 행복이다.'라고 말하기도 한다. 이것이 사람의 도리와 의무감을 털고 일어설 수 있다면 정말 행복한 사람일 것이다.

이지선이 지은 『지선아 사랑해』라는 책이 있다. 이지선은 여성으로 교통사고를 당하여 전신 화상을 입고 부상을 당한 사람이다. 사고 전에는 상당한 미모가 있었지만 화상으로 인해 이지러진 모습이어서, 완전히 복구는 되지 못했다. 그러나 많은 수술을 겪으면서 사람이 살아가는 것이 무슨 의미인가를 알게 되었다고 했다.

그는 전국을 순회하면서 증언하고 위로와 용기를 심어주는 역할을 하고 있다.

그런가 하면 닉 부이치치가 지은 책 『닉 부이치치의 허그』가 있다. 닉 부이치치는 팔과 다리가 없는 선천적 불구이며, 하반신도 없이 기형적인 발가락 두 개 뿐인 사람이다. 그러나 그가 살아가면서 좌절과 원망이 아니라 극복하여 넘어선 승리라고 생각한다.

그는 세계 유명한 명사가 되었고 행복 전도사라고 통한다.

이 외에도 많은 명사들이 있다. 처음부터 좋은 조건을 갖춘 사람도 있으나, 본인 노력으로 난관을 극복하고 남에게 귀감이 되는 사람들도 많이 있다.

행복 전도사라 자칭하는 사람도 에덴동산에 태어나지도 못했다. 생전 에덴동산을 구경하지도 못했다. 그런데 어떻게 하여 행복한 사람이 되었고, 타인에게 행복이라는 단어를 소개할 수 있는 사람일까? 어떤 행복을 느끼고 설명할 수 있을까?

만드는 시도

만들고 가꾸며 사랑하면 되겠지!

공영방송인 KBS 제작팀이 최근에 낸 탐방르포로, 전국에 널려 있는 명소를 가려 선정한 지역을 소개하는 『사랑하면 보인다』라는 책이 있다. 내가 올해 초에 낸 책 『익산 프로젝트』에 대하여 이야기하던 중 소개받은 책이다.

아름다운 단어 중에 사랑이라면, 사랑하면, 사랑을, 사랑으로, 사랑한다면, 사랑은 등등 회자되는 말이었다. 요즘 누구 누구를 가리지 않고, 책으로 내어 퍼트려 소개하는 단어가 바로 사랑이라고 할 정도다.

사랑! 왜 이렇게 갑자기 대두된 단어가 되었고, 강조하며, 강요하는 것일까?

구체적인 시점을 명확하게 언급할 수는 없지만, 우리가 살아가는 것이 나아졌다는 방증이다.

사랑?

그러나 사랑이라면 선을 긋고 언제 어디서 시작했던 것이 아니고, 지금도 예전처럼 해오고 있다는 것이므로 묵시적인 언행이며 마음만 간직하고 왔다는 것이 현실이다. 부모에 대한 치사랑, 청춘 남녀의 사랑, 정성으로 돌보는 애틋한 사랑, 순박하고 무조건 베푸는 지고지순한 사랑, 자식을 위하는 내리 사랑 등 종류도 많고 많은 사랑이 있다.

그러나 작금은 사람이 아니라도 사랑을 펼치는 것이 타당한가?

사랑의 방법은 없는가?

사랑하면 보인다는 것은 사람에 대한 정이 아니라 사람을 품고 있는 사물까지 사랑하라는 말이다. 그래서 사랑을 베풀면 그 사랑을 받은 대상이 보인다는 것이다.

다시 말해서 꽃을 사랑하면 꽃이 느끼고 답해준다는 말이다. 자연과 사물도 사랑에 답한다고 한다. 나아가 감정을 가진 개를 사랑하면 고맙다고 대답하면서 보응한다고도 한다. 정말 그 말이 사실이면 사랑을 해볼 만한 일일 것이다. 더구나 사람을 사랑한다면 말이다.

정말 사람을 얼마나 사랑하는 것이 타당할 것인가?

부유한 아버지가 보트를 사랑하셨다. 아름다운 보트는 애지중지 아끼던 보물이었다. 그러나 아들은 아버지를 따라 부유하고 풍족한 삶을 살기 위하여 보트를 탔다. 아버지가 관리동에 넣어둔 보트를 몰래 가져다가 강에 띄웠다. 친구들과 함께 타면서 자랑하고 우쭐대며 과시하였다. 탄 친구들을 모두 불러놓고 대장 노릇을 하곤 하였다.

아들은 이 정도라면 살만 하다고 생각하였을 것이다.

어디서 살까?

이 정도 부자면 살겠지!

이리저리 몰리고 천방지축 지휘를 하면서 재미있게 놀았다. 그러나 언제 그랬는지 모르는 사이에 물이 스며들어오더니, 급기야 어디에 문제가 발생된 것인지 알 수 있었다. 모두 힘을 더해 물을 퍼내고 보트를 옮겼다.

아들의 힘으로 원상 복구를 할 수 없었다. 아버지의 소중한 물건을 허락 없이 가져가며, 게다가 망가트려버렸으니 이것을 어찌하면 좋을까. 아들은 꾸중을 받을 것은 물론이며 호된 매질을 염려하여 아무 말도 하지 못했다.

아버지가 보트를 탈 일이 있었다. 아버지가 친구들과 약속을 정하고, 배를 믿고 강가에 대었다. 노련한 조정자인 아버지가 한 바퀴 돌면서 시운전을 하고 보니, 웬걸 이게 무슨 일이던가?

밑창의 깨진 부분에서 물이 들어오기 시작하였다. 그냥 타보는 것이 아니라 항해 하듯이 장시간 동안 타는 것이니 수리를 하지 않으면 안 되는 일이 벌어진 것이다. 임시로 테이프를 붙여 혼자 한 바퀴 탄다면 그럴 수도 있겠지만, 더군다나 여러 명의 힘으로는 생명을 담보로 맡길 수도 없는 노릇이다.

아버지는 누가 이렇게 파손시켰는지 짐작을 하였다. 어쩌면 짐작을 하지 않고 그저 생각조차 하지 않았는지도 모른다. 아들에게 한 마디를 묻으면서 추궁하며 타이르는 것이 일반적일 것이다.

그러나 아버지는 아들에게 고맙다고 말했다. 일부러 구멍을 낸 일은 아닐 것이니, 타려다가 파손된 것을 빨리 발견하여 수리할 수 있어서 고맙다는 말이었다. 다시 말하면 아버지가 멀리 나갔다가 노후 부분이 파손되면 그저 미아가 되고 실종신고를 해야 될 형편일 것이라고 믿었다.

보트가 없는 조선(朝鮮)에서 목숨을 구하는 화살에 관한 고사도 있다. 아버지가 중히 여기는 활과 화살이 있었다. 또한 나의 생명을 구하는 것이며, 상대의 생명을 상하게 하는 도구이기도 하다. 그러니 보관에도 관하여 중요한 수칙이 있었다.

그러나 아들이 활과 화살을 가지고 놀았다. 아들은 시위를 당기고 쏘기 위하여서는 힘이 부족하니 크게 걱정할 형편이 아니었다.

그러나 아들이 화살을 부러트리고 말았다. 아버지는 이 일에 대하여 고맙다는 표현을 하였다. 전장에서 적군에게 쏘는 화살이 부러지면 목적을 달성할 수 없는 것이다.

부러진 화살은 멀리 나가지도 않고, 멀리 나갔다고 하더라도 휘어서 적군을 죽일 수도 없는 것이다. 그러면 적군이 화살을 쏜 발생지 즉 상대방의 위치를 알아채게 된다.

그러나 그렇게 부러진 화살은 전장에 사용해서는 안 된다는 것이고, 부러질 정도로 부실한 화살도 안 된다는 것을 알려준 아들의 교훈이라는 말이다.

장수가 두 번이나 백의종군으로 혼신을 다한 이순신과 같은 성인의 마음이 아닌가!

사랑을 실천하려면

부유한 사람이라 그 까짓것 하면서 아량과 용서를 베푸는 것은 좋은 일이 아닌가? 훌륭한 장군이면 사리분별을 구분하고, 수신제가(修身齊家)를 통하여 덕장(德將)으로 다스리는 치국평천하(治國平天下)가 아닌가?

그럼에도 불구하고 돌아오는 보상이 필요하다는 것도 아니다. 사랑으로 감싼 덕에 사랑의 보답으로 돌아와, 메아리가 되면 충분하다고 한다면 훌륭한 사람이 되는 것이다.

다른 사람들이 바라는 것도 바라지 않고, 그냥 그저 허공에 메아리가 친다면 자선으로 되받아 치는 격이다.

오늘의 주제는 내가 자동차를 산다면 어디에서 살까가

아니라, 라면을 먹으려면 어디서 살까가 아니라, 술을 마시고 싶은데 어디서 술을 살까가 아니다. 장졸들이 이순신 휘하에 있다면 그것만으로도 행복하다는 것이 바로 오늘의 주제가 될 것이다.

병가지상사(兵家至喪事)에 연연하지 말고 정의롭고 명예로운 언행을 하며, 상대를 배려하고 위하는 사랑을 베푸는 것이 바로 내가 살고 싶은 곳이다.

내가 어디서 살까?

꽃 피고 새가 지저귀는 에덴동산이 없으면, 내 마음에 생긴 사랑의 에덴동산이면 만족해도 충분하다.

한국 고부간의 분쟁이 바로 아집과 소통의 부재로 인하여 벌어지는 사례다. 그러나 며느리는 시아버지의 사랑 덕으로 살아간다고 말하기도 한다. 시아버지는 시시콜콜 간섭하지 않고 그저 대담하게 웃고 넘기는 사례다. 자녀들과 혹은 사위 며느리에 얽힌 사랑은 부모를 향한 이성간의 사랑이 시작되는 것이 사실이다. 동물은 종족 번성을 위하여 아버지와 아들 사이에 경쟁하고 서열 다툼이 일어 죽고 죽이는 것도 당연하다. 왕조에는 왕의 승계를 도모하는 피비린내 암투가 만연하다.

요즘 시대의 도전

그러나 요즘 한국의 세태가 변하고 있는데, 시어머니나 시아버지를 따지지 않고 같은 목적을 위하여 감싸주면 좋을 것이다. 며느리에 대한 시어머니의 사랑이라면 화목의 첩경이요, 사위에 대한 시아버지의 사랑이라면 바로 금상첨화(錦上添花)일 것이다.

사랑! 아직 익숙하지 않은 사랑이라면 어떻게 전할 수 있을까?

요즘 유행하는 것이 여럿 있다.

머리카락을 투구모양으로 자르고 염색하는 것이 그렇고...

고급 승용차를 타고 다니는 것이 그렇고...

해외여행을 드나들면서 옆집 건너 생소한 집을 방문하듯 하는 것이 그렇고...

반려견이라며 기대하며 믿고 보살피던 개가 어긋난 행동을 하는 것에서 실망과 증오가 발생하자 길들이는 방법이 그렇고...

건강을 염려하여 과잉 검진을 끌어안고 사는 것이 그렇고...

몸에 좋다는 해외 직수입 건강 보조식품을 밥 먹는 것보다 선호하는 것이 그렇고...

다문화 시대에 발생한 고부간의 오해를 열거하며 해결을 위한 방법을 유도하는 것도 그렇다.

이 모든 것을 하고 싶은 대로 한다면 '어디서 살까?' 물음에 바로 여기가 살고 싶은 세상이요 사고 싶은 지역이라고 할 것이다.

그러나 음과 양이 공존하니 항상 반대급부가 발생하기

마련이다. 따라서 모든 사람들이 살고 싶은 세상이요 살고 싶은 지역이라는 말은 할 수도 없다.

살고 싶은 세상을 만들기 위하여, 혐오감을 배제하고 호감을 유도하며 좋은 것을 표현하는 방법도 유행이다. 손가락으로 머리 위로 올리면서 하트모양을 만들어 보여주는 것이 가장 적극적인 표현일 것이다.

그리고 발달하여, 손가락 엄지와 검지를 비틀어 작은 하트 모양을 만들어 보이는 것이 등장하였다. 머리 위에 보이는 하트는 모양이 크고 쑥스럽다면 손가락으로 만드는 하트가 더 어울릴 것이다.

하트 모양이 더 어울린다는 것은 모양을 통해 판정하여 볼 때 더 어울린다는 것이 아니라, 그런 마음을 전하는 사람에게 더 어울린다는 것이다. 어설프고 익숙하지 않은 것을 탈피하여 표현하고 전달하는 방법을 선호한다는 말이다.

가정부터, 나부터

그러면 우리 집에서는 어떻게 전달할 수 있을까?

여기서도 익숙하지 못한 언행이 부자연스러운 것이 문제다. 누구든지 태어난 후 익숙한 것이 된다고 하더라도 모두 처음에는 어설프고 부자연스러웠던 것이 사실이다. 누구라고 자신 있게 부른다고 한 것도 처음에 '엄마'를 부르기까지 몇 번이나 연습을 했던가. 엄마가 밥을 떠 먹여 주면서 수저 들고 밥을 먹는 것을 얼마나 많이 가르쳐주었던가.

고급 승용차를 탄 다고 하더라도 처음에 운전면허증을 받을 때와 첫 운전을 얼마나 연습 하였던가. 그러니 사랑에 관하여도 눈 딱 감고 모른 척하면서 보여주는 언행이 바로 최선일 것이다.

사랑이라는 예를 들어보자.

시아버지 잡수시는 진지를 퍼 드렸는데 아버지가 화를 내셨다. '아니!' 그러나 바로 정좌하시고 다시 다소곳하게 말씀하였다. '얘야! 며느리가 고맙다!' 하시자, 며느리가 무슨 일인지 몰라 멈칫하다가 '예? 무슨 일이신지요?' 여쭤보았다. 그러자 시아버지가 다시 '며느리가 나를 위하여 무상 교육을 시켜줘서 고맙다!' 말씀하셨다.

어른에게 드리는 밥 속에 작은 모래가 있다고 하니, 그것도 한두 개라 하더라도 벌써 역성이 나고 분위기가 달라지는 것이다. 그러나 말하자면 성웅 이순신 같은 현자(賢者)가 되며 덕자(德者)가 되라고 빌고 빈다는 것이니 반갑고 고마울 뿐이라는 말이다.

사랑을 솔선수범하는 시아버지이니 정말 가족을 위한 현자가 아닐까.

시어머니가 잡수시는 진지에 머리카락이 들어갔다. 미운 며느리가 하는 밥이라고 하더라도 일부러 머리카락을 넣은 것은 아닐 것이다. 물론 시어머니도 이미 알고 있는 사항이다. 그러나 이런 밥을 먹으라면 화가 치밀고 역성이 나오는 것도 이해가 간다.

그러나 시어머니는 꾹 참고 한 마디 하셨다. '애야! 며느리야 고맙다! 흰 밥에 검은 머리카락을 넣었으니 고맙기도 하구나!' 하시니 일부러 시어머니께서 핀잔을 생략하더라도 무색할 수밖에 없다. '어머니! 죄송합니다. 수건을 써 맸다고 했는데 머리카락이 들어갔으니 죄송합니다.'가 정답이다.

그러나 시어머니가 여장부라서 성웅 이순신의 어머니다운 말씀을 하셨다. '그래? 그것은 나도 안다. 그러나 네가 요즘 시력이 어느 정도 희미해졌는지 테스트 하는 방법을 적용하였다니 고맙다.' 계면쩍은 며느리는 모른 척하면서 '예?' 대답하였다.

'나는 네가 혼잣말로 하더라도 청력이 좋아 잘 듣고 있지, 게다가 흰밥에 흰 머리카락도 발견해내는 시력이니 걱정하지 말라.'하셨다. 마음대로 해도 내가 머리카락을 잘 가려내면서 밥을 먹으니 밥하는 사람도 자기 마음대로 밥하라는 포부가 넓은 배려다.

그러니 괴짜 며느리 혹은 심봉사를 헐뜯고 골탕 먹이는 뺑덕어멈이 있다하더라도 개과천선(改過遷善)하는 것이 순리 아닌가. 사랑이 덮어주는 것은 무엇일까?

그러나 힘든 것이 시어머니를 모시고 사는 것이라고 하지만, 그것도 자신이 극복하고 견뎌낸 승리로 만들 수 있다. 시집살이의 시 자(字)만 들어도 정이 떨어지고, 시청의 시 자(字)만 들어도 쳐다보지 않는다는 사람도 있고, 시금치만 보아도 돌아간다는 사람도 있다.

하지만 힘든 세상이라면서 죽어도 좋겠다는 말도 하고, 죽어도 이승이 좋다는 말도 있다. 결론적으로 좋으나 싫으나 시어머니를 모시고 사는 것이 가장 현명한 방법이 될 것이다. 그런 환경에서 봉양하다 죽었다면 다음 후생에 사람으로 환생할 것이고, 개 돼지 소로 태어난다고 해도 그것도 불교 이론으로 대 성공일 것이다.

이심전심 마음으로 소통을

많은 며느리가 시어머니를 봉양한다고 하였지만 고부의 앙금을 해결하지 못하고 원수로 여기게 되었었다. 그 중 한 며느리가 대놓고 말하기도 어려운 사이라서, '어머니가 좋아하시는 것이 무엇입니까?' 하고 물어보았다. 시어머니께서 떡을 그것도 인절미를 좋아한다고 하시고 '그래도 우리 형편에 떡을 해먹을 처지가 안 되니 어쩔 수 없구나!' 하고 푸념하셨다.

며느리는 이때다 하면서 빚을 내더라도 떡을 만들어 바쳐야 하겠다며 다짐하였다. 연로하신 분에게는 인절미가 퍽퍽하고 기도가 막혀 돌아가실 정도로 위험하니 믿은 구석이 있었던 것이다. 아침저녁 간식은 물론이며 주식으로 만들어 드렸다. 그러나 아무리 공급하더라도 생생하며 살아계시니 그것도 난감이었다.

그러나 시어머니는 '애야 고맙다!' 하시면서 흡족해하시는 것이었다. 이에 며느리가 포기하고 돌아서는데, 시어머니께서 덧붙이셨다. '며느리야, 참으로 너 같은 효심이 없으니 정말 착한 며느리구나.' 하셨다. 이후 시어머니는 기력을 얻어 열심히 사셨다. 몸에 배인 부지런함을 실천하셨고, 근검과 절약을 보이셨다. 며느리의 효성에 감동하여 고맙게 생각하신 것이다.

얄밉고 영특한 며느리가 언감생심(焉敢生心) 둘러댔지만, 유구무언(有口無言)이요 어불성설(語不成說)이니 정말 착한 며느리라고 인정할 수는 없을 것이다.

산전수전을 겪으신 시어머니께서 며느리의 속셈을 알아채지 못했을까? 눈치를 챘지만 모른 척하신 것일까? 진짜로 깜빡 속은 것일까?

아니면 어리석은 시어머니가 당연히 속았어야 하는가? 사랑하는 사람이 속아야 하는가!

사랑이 가득한 곳이라면 살 만할 곳이다. 큰 주택이라도, 대형 맨션이라도, 숲속 별장이라도, 비좁은 연립의 옥탑이라도, 무허가 비닐하우스라도 사랑이 있다면 행복을 부여안고 살 만할 곳이다. 사랑이 무엇인지 알아야 하고, 찾아온 행복이 어떻게 생긴 것인지 알아야 잡을 수 있다. 눈을 떠야 볼 수 있다. 도사들은 지그시, 못 본척하면서 묻지 않아도 안다. 육안이 아니더라도 마음으로 보는 사람이 진짜 도사(道士)다.

세상에 낙원이 돌아온다면, 육안으로 볼 수 있는 곳이라면 얼마나 좋을까? 아쉽더라도 복원된 낙원을 마음으로 느낀다면 좋지 않겠는가?

마음이 평안한 안빈낙도(安貧樂道)는 어디일까!

마음에 숨어있는 도리와 사람을 위하는 사랑함을 도출해내는 표현이 아름다운 천국으로 인도할 것이다. 그것은 내가 어디서 살까 생각해보면 바로 이런 천국의 입구가 아니지 않겠는가.

달려온 길입니다.

나는 가는 길이 멀어도, 그 길이 여러 사람에게 좋은 길이라면 가야된다고 주장한 것입니다. 내가 어떻게 살아왔는가를 돌아보니, 하고 싶은 말이 많은데도 상세한 설명을 하지 못했습니다. 내가 아는 길, 내가 아는 삶, 내가 주장하는 사고(思考)이기에 숨 가빠도 숨이 벅차지는 않다는 것입니다.

그러나 내 생각을 따라 열어보니 쉬운 말이지만, 남에게는 일일이 보여주는 것이 어려운 현실이라는 사실입니다. 사람은 누구든지 혹은 모든 사람들의 환경과 순간적 펼쳐지는 상황이 다르기 때문에 모두 공감하고 동의하기도 어려운 길이기도 합니다.

특히 종교적인 차원에서 주장하는 내용이 다르기 때문에, 글자를 따지거나 의도를 풀거나, 논쟁하는 것도 접어두고 이해해주시기를 바랍니다. 그럴 것이다 그러면 이런 것을 말한다는 식의 해석이라는 뜻이기 때문입니다.

나는 종교적 전문가가 아니며, 누구처럼 범하는 속인(俗人)이므로 일반인이며 일반인의 주장이라고 말하고 싶습니다.

결과 혹은 평가에서 밝히더라도 개인의 의견이라고 믿어주기 바랍니다. 그러나 어떻게 살 것인가에 목적을 두지 말고, 많은 사람들 혹은 모든 사람들이 살만한 세상을 가꾸는 과정을 만들어 가면 좋겠습니다.

또한 종교적인 차원에서도 반복되는 것처럼, 지형적인

차원과 경제적인 차원 그리고 사람의 향락 추구를 최우선으로 믿는 것이 아니라, 사람의 도리가 존재한 곳이라면 살만한 곳이라고 주장하였습니다. 앞에서 나온 것들은 모든 사람들이 모두 충족할 수 없는 것이기 때문에, 이를 극복하는 것 즉 정신적 그리고 영성적인 삶을 이룬다면 살만한 곳이 될 것이라고 믿습니다.

사랑이 가장 아름다운 말이라고 합니다. 그러면 사랑의 전제조건인 이해와 배려가 가장 아름다운 단어가 될 것입니다.

읽어주셔서 감사합니다.

저자 한호철 올림.

저자 | 한 호 철

전북 익산출신으로 본명은 한한철이다.
2004년 종합계간지 『문예연구』에 수필로 등단하였으며, 수필집에 『쉬운 일은 나도 할 줄 안다』(2003), 『그 때 우리가 본 것은』(2006), 『내가 시방 뭔 일을 한 겨』(2008), 『눈을 떠야 세상이 보인다』(2013)가 있다.
칼럼집으로 『블루코드』(2012. 공저)가 있으며, 역사와 문화에도 관심을 가져 5년 간 200여 차례의 현장답사와 자료 확인을 거친 후 『익산의 문화재를 찾아서』(2011)를 펴낸바 있다. 지역 발전을 기대하는 의미로 『익산프로젝트』(2017)을 내기도 했다.
또한 『선조들의 삶, 세시풍속이야기』(2016), 『선조들의 삶, 24절기 이야기』(2016)는 민속 문화를 보전하는 귀중한 자료가 되고 있다.
「한국농촌문학상」, 문예연구 「올해의 작가상」을 수상하였다.
사립작은도서관을 설치하는 가운데 1년에 52권의 책을 읽는 'O_2독서' 모임의 독서마니아이며, 읽은 후 독후감 글쓰기를 계속하고 있다.

행복을 짓는 사랑

초판 인쇄 | 2017년 11월 8일
초판 발행 | 2017년 11월 8일

저　　자 한호철

책임편집 윤수경

발 행 처 도서출판 지식과교양
등록번호 제 2010-19호
주　　소 서울시 도봉구 쌍문1동 423-43 백상 102호
전　　화 (02) 900-4520 (대표) / 편집부 (02) 996-0041
팩　　스 (02) 996-0043
전자우편 kncbook@hanmail.net

ISBN 978-89-6764-097-2 03810　　**정가** 20,000원

* 이 책은 익산문화재단의 「2017 다이나믹 익산 아티스트 지원사업」을 받았습니다.